在《红楼梦》里读懂中国

闫红 / 著

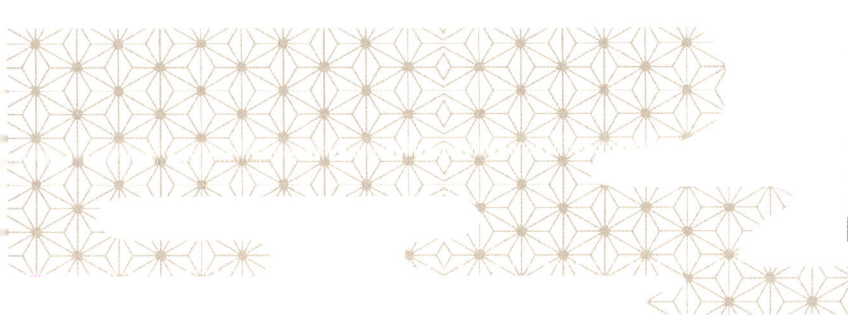

图书在版编目(CIP)数据

在《红楼梦》里读懂中国/闫红著.—北京:人民文学出版社,2020
ISBN 978-7-02-014908-7

Ⅰ.①在… Ⅱ.①闫… Ⅲ.①《红楼梦》研究 Ⅳ.①I207.411

中国版本图书馆 CIP 数据核字(2019)第 015819 号

责任编辑　李　磊
装帧设计　李思安
责任印制　徐　冉

出版发行　人民文学出版社
社　　址　北京市朝内大街 166 号
邮政编码　100705
网　　址　http://www.rw-cn.com

印　　刷　三河市中晟雅豪印务有限公司
经　　销　全国新华书店等

字　　数　140 千字
开　　本　880 毫米×1230 毫米　1/32
印　　张　7.5　插页 1
印　　数　1—20000
版　　次　2020 年 1 月北京第 1 版
印　　次　2020 年 1 月第 1 次印刷

书　　号　978-7-02-014908-7
定　　价　39.80 元

如有印装质量问题,请与本社图书销售中心调换。电话:010-65233595

【目录】

我们眼下的痛点和焦点,《红楼梦》里都有 · 1
／自序／

第一辑　活色生香

贾母为什么没有活成"鱼眼睛"？· 3

紫鹃、袭人和晴雯：大丫鬟的生存之道 · 12

大观园里的"杜拉拉升职记" · 20

活在底层，容不得一点掉以轻心 · 25

宝玉和贾芸，一场尬聊里显示的阶层差异 · 35

"集邮女星"多姑娘为何放过贾宝玉 · 42

第二辑　凛冬将至

贾雨村和甄士隐：上升草根与下坠中产的一次擦肩 · 49

贾雨村：一个"精致利己主义者"的模板 · 57

薛宝钗说凛冬将至，你却说她勾引男人 · 64

薛宝钗与无知之幕 · 79

善于分配的薛宝钗 · 85

抄检大观园背后 · 89

探春的铁腕与钢铁意志 · 95

从赵姨娘到七巧：被剥削的女儿们·99

弱者做不了好母亲·105

第三辑　谜之黑洞

秦可卿与王熙凤之间的谜之黑洞·115

王熙凤真像她想象中那么能干吗？·124

当凤姐遭遇刘姥姥，她为何没有"致贱人"？·130

自称不信邪的王熙凤，有时也会敬畏贫困·136

第四辑　理解悲伤

"水性荡妇"还是"贞洁烈女"，哪个尤三姐更精彩？·143

红楼二尤的故事，被张爱玲改成了诱奸案·154

若你羡慕过曾经不屑的人，你会理解宝玉的悲伤·160

这不是我要读的《红楼梦》后四十回·167

"凤凰男"吴梅村和"直男癌"冒辟疆，都不可能写出《红楼梦》·180

《红楼梦》之快问慢答

探春和凤姐做 boss，你更喜欢哪一个？·193

尤老娘为什么对女儿不闻不问？·195

贾蓉和秦可卿关系怎样？·197

黛玉看到宝钗为宝玉绣肚兜，为什么没有生气？·199

为什么贾宝玉对奶妈不怎么样，而贾琏对奶妈很客气？·201

宝钗知道宝玉不喜欢读书，为什么还老劝他？·203

林黛玉人缘怎么样？·206

王熙凤和平儿是什么关系？·208

薛姨妈是《红楼梦》里的第一反派吗？·210

黛玉为什么拒绝宝玉的表白？·212

贾宝玉是专情还是滥情？·214

王熙凤是怎样一个人？·216

王熙凤更具有现代精神吗？·218

贾母批判才子佳人戏，是针对宝钗还是黛玉的？·220

李纨为什么不喜欢妙玉的为人？·222

晴雯若活着，会变成赵姨娘吗？·224

为什么贾政更爱赵姨娘？·226

为啥元春不喜欢黛玉？·228

我们眼下的痛点和焦点，《红楼梦》里都有
/ 自序 /

小时候看《红楼梦》，总把第一回跳过去，实在看不懂。倏忽之间便是四海八荒，几个时空的穿越，让人眼花缭乱，我很长一段时间搞不清石头和情僧以及那个空空道人什么关系。

渐渐地看懂了文字，却更加不明白了，这一章跟后面看熟了的情节颇有矛盾之处。比如说，第一段里，作者就说："自欲将已往所赖天恩祖德，锦衣纨袴之时，饫甘餍肥之日，背父兄教育之恩，负师友规训之德，以至今日一技无成、半生潦倒之罪，编述一集……"字字句句里都有自责自怨之意，埋怨自己当初没有听父兄和师友的，但是在小说中，那些父兄师友的话，好像确实也不怎么值得听啊。

宝玉上的那私塾的塾掌贾代儒没什么教育理念，自己的孙子教得一塌糊涂。黛玉的先生贾雨村呢，基本上就是在混饭。也好，他传递给黛玉的，倒是一点真我，不至于像《牡丹亭》里杜丽娘的先生，过于用力，酸腐之气扑面而来。

比较有理念的，就是宝玉的父亲贾政了，他执着于典型的应试教育，认为《诗经》以及先秦两汉八大家的散文都不用读，"先把《四书》一气讲明背熟，是最要紧的"。

是不是有点耳熟,"少看闲书!把课本上的背会再说。"你爸妈一定这样对你说过吧,又有多少孩子像宝玉那样非暴力不合作过,为什么到头来,青春的恣意飞扬变成了这样一种"悔",那么曾经爱过醉过欢笑过悲伤过的一切,还有没有意义?

看懂这些,要到中年,领会到生活的万千滋味,方懂得宝玉或是曹公的矛盾心结。年轻时候以为人生贵适意,对酒当歌而不必问今宵酒醒何处,到此时,命运还你宿醉后的寂寞,一技无成,半生潦倒,无可奈何花落去,谈何生前身后名,若是带累得家人与你一起忍受困窘,怎会不悔当初的散漫与傲慢?况且还有个贾兰式的成功者在那里比着,想不失落都难。

贾兰是宝玉的侄子,贾政的长孙,父亲去世得早,他与寡母相依为命,在贾家处于边缘位置,倒有一种寒门子弟式的争气,一心一意好好读书,最终贾家败落,他依然能凭一己之力,给母亲挣个凤冠霞帔。

素质教育是需要物质供养的,一旦命运釜底抽薪,就会让人措手不及;应试教育则能够让人活得更安全,你遵循体制的要求,自然会获得回报。

可是,假如不是有那样一个看似不务正业,实际以爱和美为业的贾宝玉,世间也许会多一个贾兰或是贾雨村,我们却看不到这样伟大的一部《红楼梦》。谁能说哪种选择,是完全正确的,即便是功成名就的贾兰,是不是也懊悔于自己从来没有过童年和青春?

所以,有种说法是:说人生无悔,那都是赌气的话,若是人生无悔,那该多无趣啊。人生的有趣,也许就在于它没有标准答案,让你时而自我肯定，时而悔恨暗生，而你所悔恨的，也许正是别人羡慕的。而作者嘴里说着悔，心中也未尝没有自负。

中年之后读红楼，像是在雪后看风景，更乐于欣赏的，是枯索处的各种滋味。大衰败即将到来，更值得玩味的是各人的应对之道。

秦可卿弥留之际，变成了一个预言家。她知道盛极必衰，大难将至，告诉闺蜜，也就是荣国府的管理者王熙凤，到了转型的时候了。从以铺张浪费为荣的豪门，必须向精打细算的中产之家转型。她建议在祖坟旁边购置不会被充公的土地，保障祭祀与私塾的开支，将来一旦败落，日子还能过得下去。

这个方案听起来复杂，一言以蔽之就是消费降级。这金玉良言，王熙凤却不怎么听得进去，只是着急询问，有什么办法能永葆富贵。

这种妄念，多少人都有，以为明天一定比今天好，即便看到他人的消长，仍然以为自己在那波涛之外。不过，王熙凤还是比较务实的，当家中财务逐渐入不敷出，她也会劝王夫人，减员增效，大家不要再使唤那么多丫鬟。王夫人知道她说得对，心里却总是不甘。毕竟，她是名义上的当家人，不愿意衰败从她手上开始。

真正有希望的，还是年轻一代。探春只是临时理家，便着手对大观园的财政进行改革，放弃豪门的自负与矜持，到赖嬷嬷家赴宴时也会调研人家的经营方式；在大观园里搞土地承包，把大观园分配给善于侍弄土地的人，让它从生活场所变成生产场所，一草一木都实现经济价值，也让一部分人先富起来。

宝钗则是两手准备，一方面早早就一叶知秋地预知了无常，在衣食住等方面主动实施消费降级，还曾劝王夫人关上大观园，减少开支，可惜王夫人也没怎么听得进去。

同时，她协理大观园时，针对探春的土改政策，提出了拾遗补缺之道，让得到土地的人拿出一部分钱来，分给没有得到的人，使得所有人都能分享到改革红利。在大观园里，建立起一个和谐小社会。

作者对探春的评价是"敏"，对宝钗的评价是"时"。仔细看她俩联手管理大观园这一回，怎样收税，怎样分配，有很多现代性的东西，窃以为，其价值远远大于"宝钗是不是腹黑"的争论。

《红楼梦》里，人来人往，各有各的命运，归根结底不过是有人在起高楼，有人楼塌了。这也是我们的命运。漂流在无常之上，我们却如宝玉般执着地寻找某种确定性，想要给自己一个终极答案，哪怕是以悔恨，给自己一个终极的总结。但在回望的过程中，总是发现，事情的意义就在它发生的时刻，时过境迁之后，各种体会都不过是当时的心情，不能算数。

我们有时也会变成王熙凤或是王夫人，把下坠视为非常态，用各种方式去躲避，但终究是躲不开，倒不如像宝钗这样迎难而上，很多人鄙薄宝钗出身于当时不怎么高贵的商人之家，但正是这背景，赋予宝钗以冷静的现实感，是那些迷梦中的人所不具有的。

《红楼梦》的神奇之处或许就在这里，它不仅是要跟你讲一些故事，还希望我们以此为镜鉴。在镜中，你看到的不只是幽深的古代故事，更有你汹涌澎湃的现实。

第一辑

活色生香

贾母为什么没有活成"鱼眼睛"?

【一】

偏激之语里常有变形的真理。

比如宝玉有名言曰,女儿是水作的骨肉,男人是泥作的骨肉,我见到女儿,我便清爽,我见了男子,便觉浊臭逼人。又说,女孩儿未出嫁,是颗无价之宝珠;出了嫁,不知怎么就变出许多不好的毛病来,虽是颗珠子,却没有光彩宝色,是颗死珠了;再老了,更变得不是珠子,竟是鱼眼睛了。

合起来就是,女人比男人好,年轻姑娘比老妇人好。贾宝玉这话不厚道,但看《红楼梦》里男人确实都很讨厌,未出嫁的少女灵秀如水,已婚女子怎么着都沾染了些世故,再到王夫人、邢夫人这一干人等,更是枯索无趣。就算薛姨妈生动一点,也不复有珠玉之光。

唯有贾母是个例外,虽然她人多数时候是个"慈祥的老祖宗",偶尔闪现位高权重者的凌厉,但曹公却于字缝里,描画出她超越年龄与身份的灵性。年过七旬,她依然有着不同于王夫人、邢夫人等人的鲜活。

最典型的就是那回湘云、宝玉等人跑到芦雪庵烤鹿肉赏梅联诗，贾母忽然带着五六个小丫鬟，围了大斗篷，带着灰鼠暖兜，坐着小竹轿，打着青绸油伞，瞒着王夫人和凤姐，欣然前来。

她的到来给这些年轻人增添少许紧张感，但并不违和，只因贾母与他们同样能够体味这良辰美景，一道饮酒赏梅。远远地看见宝琴和丫鬟抱着瓶梅花在山坡上等着，众人都说，难怪找不到她们，只有贾母说，画上也没有这样的景致。她竟然比那些年轻人，更能跳出现实，用审美的眼光，来打量这一切。

她太不像个老人了，在张爱玲笔下，人上了点年纪，就会变成生活的旁观者，像高更名画《永远不再》里的那个女人，不过三十多岁，爱过，却已经是永远不再，只能"向帘儿底下，听人笑语"了。对于老人，最浪漫的想象也不过是"有人爱你衰老的脸上痛苦的皱纹"，那也是一种单方面的高尚之爱，已经"睡眼昏沉""在炉火边打盹"的女人，是无法接收的。

贾母则不同，活在年轻人中间，她的声气也许已经颤颤巍巍，看东西需要戴上老花眼镜，她口口声声说自己是个老废物，但是，她仍然和那些年轻人一样，醉心于生活。

【二】

书中五十三回里，说到一种名叫"慧纹"的珍品。

"绣这璎珞的也是个姑苏女子,名唤慧娘……他原精于书画,不过偶然绣一两件针线作耍,并非市卖之物。凡这屏上所绣之花卉,皆仿的是唐、宋、元、明各名家的折枝花卉,故其格式配色皆从雅……字迹勾踢、转折、轻重、连断皆与笔草无异,亦不比市绣字迹板强可恨……偏这慧娘命夭,十八岁便死了……凡所有之家,纵有一两件,皆珍藏不用。"

看这描述就知道是罕物,难怪其他人家珍藏不用,贾母也有那么一副,共十六扇,虽然爱若珍宝,元宵节却会拿出来高高兴兴地摆在酒席上,正是松浦弥太郎倡导的"今天也要用心过生活"。

她喜欢各种工艺品,第七十二回里写到,"曾有一个外路和尚来孝敬一个蜡油冻的佛手,因老太太爱,就即刻拿过来摆着了"。对于屋舍布置更有一种近乎本能的敏感,带刘姥姥游大观园,见潇湘馆的窗纱颜色旧了,立即说:"这个纱新糊上好看,过了后来就不翠了。这个院子里头又没有个桃杏树,这竹子已是绿的,再拿这绿纱糊上反不配。"

她帮黛玉更换成银红色的"软烟罗",茜纱薄如蝉翼,映着参差竹影,凝眸的一瞬,必能平添几缕诗情。

简约风贾母也来得,她对宝钗雪洞般的房间不以为然,主动要求帮忙布置:"我最会收拾屋了的,如今老了,没有这些闲心了。他们姊妹们也还学着收拾的好,只怕俗气,有好东西也摆坏了。我看他们还不俗。如今让我替你收拾,包管又大方又素净。"

"不俗"这个词好,比"雅"好。窃以为,这两个词并不是近义词,相对于"不俗","雅"这个词略为"俗"了一点。

且看贾母是怎样不俗,她吩咐鸳鸯:"你把那石头盆景儿和那架纱桌屏,还有个墨烟冻石鼎,这三样摆在这案上就够了。再把那水墨字画白绫帐子拿来,把这帐子也换了。"

石头盆景、水墨绫帐、墨烟冻石鼎,替换掉了宝钗的"青纱幔帐",依然是素净的,但多了点表达的热情。

【三】

宝钗进来到荣国府过第一个生日时,贾母看得郑重,特意出资要帮她置办酒戏,问宝钗爱听何戏,爱吃何物。"宝钗深知贾母年老人,喜热闹戏文,爱吃甜烂之食,便总依贾母往日素喜者说了出来。贾母更加欢悦。"

很多人看了这段,都觉得宝钗会做人,其实就这段而言,也许是贾母更会做人。

贾母喜欢热闹戏文吗?看上去是,宝钗点了《西游记》她高兴,凤姐点了插科打诨的《刘二当衣》她更加欢喜,但这只是一个层次,事实上,贾母内心是多层次的,喜欢热闹,也许是最为表浅的一层。

第四十回,她让凤姐把戏台"就铺排在藕香榭的水亭子上,借着水音更好听";听笛子,却是叫人"拣那曲谱越慢的吹来越好";她叫芳官唱《寻梦》,也是特地叮嘱:"只提琴与管箫合,笙笛一概不用……"

听听这些讲究，分明是另外一个黛玉或贾宝玉，宝玉还说，"老太太又喜欢下雨下雪的"，宝钗把她当成了喜欢广场舞音乐的老大妈，注定宝钗和贾母互相走不到对方心里去。

虽然贾母也夸过宝钗，说我们家这几个女孩子，都没有宝丫头好。但这夸奖未免太官方，再有，贾母爱的，也从来不是那种公认的"好姑娘"。

真正的喜欢，是爱而知其恶的，就像她叫王熙凤"凤辣子"，叫黛玉"小冤家"。她还特别喜欢晴雯，评价是"这些丫头的模样爽利言谈针线多不及她"，她喜欢的，不只是晴雯的漂亮，还有那股活泛劲儿。

这和王夫人正相反。王夫人看到晴雯就立即真怒攻心，晴雯的美，在她心里，直接等同于危险，不由怒骂一句："好个美人！真像个病西施了。你天天作这轻狂样儿给谁看？"要知道晴雯听说王夫人唤她去，特意没有打扮的，总之，她的美就是原罪，怎么着都是错。

那么王夫人喜欢的是什么样的人呢？她也说了，袭人、麝月"这两个笨笨的倒好"。麝月先不说，贾母对袭人是完全不感冒的，觉得她是"没嘴的葫芦"。这差别，不只是她们对于两个丫鬟的认知差异，更是生活态度的不同。

王夫人对美无所求，第三回写到王夫人的居处："临窗大炕上铺着猩红洋罽，正面设着大红金钱蟒靠背，石青金钱蟒引枕，秋香色金钱蟒大条褥。两边设一对梅花式洋漆小几。左边几上文王鼎匙箸香盒；右边几上汝窑美人觚……其馀陈设，自不必细说。"

不必细说，就是没什么好说的，你随便推想一下吧。王夫人的房间布置，跟我们在旅游景点看到的那些名人故居也差不多，是最通行的家居版本。她几乎在所有事情上，都力图消灭个人色彩，只求循规蹈矩，无功无过，平平淡淡才是真。

【四】

这不是她一个人的问题，很多专家都曾感慨，我们历来缺乏美的教育。其实不是我们这一代人，我们就没有进行美的教育的传统，在过去的概念里，实用就好，美意味着浪费，或是诱惑，总之，令人偏离主流轨道，踏上失控的路途。

主流轨道是什么样的？男人要修齐治平，女人要辅佐男人修齐治平，这都跟美没什么关系，活得糙一点，还能让好钢用在刀刃上，主题更加集中，所以不管男人还是女人，都不能太讲究。就算小门小户没那么大志向，要把日子过好了，也要删繁就简，实用就好。美人固然是红颜祸水，美物亦往往令人"丧志"。

问题是，这股精气神固然励志，却不见得能撑到底，人到中年，男人发现这日子也就这样了，女人发现，这男人也就这样了，人生里都只剩下大空虚。

男人还可以抱怨怀才不遇，社会却不容许女人抱怨遇人不淑，女人必须找出个假想敌来，比如王夫人和她眼中的狐狸精们斗，看上去大义凛然,其实,这斗争何尝不是她躲避空虚的避难所,通过这斗争,她所有的不如意,都似乎找到了出口。

这就是有些女人上了年纪会变成"鱼眼睛"的缘故吧,她们没有进行自身建设的习惯,当生命力逐渐衰减,露出荒芜的底色,她们的表面或内心就会变得歇斯底里。

【五】

那么贾母为什么就没有活成这类人,她应该是那个时代里的幸运儿,大环境不咋样,但她始终都有个不错的小环境,她的天性在这小环境里没有被磨损多少。

首先她一定有个好爹。这个爹不但珍视她,自身也有着良好的文学艺术修养,不然的话,就会像王熙凤她爸,虽然也对这个女儿爱若珍宝,却不让她识字学习,使得王熙凤有心机有手腕,但每每"奋其私智不师古",她自己都承认不如识字的探春,也没有贾母的那种艺术灵气。

重视女孩子的教育,似乎是史家传统,虽然史家更早出现颓势,史湘云的叔叔婶子为节约开支,分派给湘云很多针线活,这抠门大约缘于坐吃山空的恐慌,但史湘云的诗才,在众姐妹中依旧出类拔萃,可见史家骨子里还是个艺术之家。

贾母曾指着湘云向薛姨妈追忆:"我像他这么大的时节,他爷爷有一班小戏,偏有一个弹琴的凑了来,即如《西厢记》的《听琴》,

《玉簪记》的《琴挑》,《续琵琶》的《胡笳十八拍》,竟成了真的了。"

同样是听戏,史家清雅得别出心裁,宁国府却是"繁华热闹到如此不堪",可见家庭文化之差异。在这种氛围里熏陶出来的女儿,可以说赚到了第一桶金。

但丈夫若不知情识趣也等于明珠暗投了,贾母所嫁的贾代善又是个什么样的人呢?书里有个细节,那个张道士看着宝玉就流下泪来,说"同当日国公爷一个稿子",这眼泪有几分诚意暂且存疑,贾母却也是"满脸泪痕",说道:"我养这些儿子孙子,也没一个像他爷爷的,就只这玉儿像他爷爷。"

难怪贾母有那么多儿子孙子重孙子,最偏疼宝玉,当然国公爷不会像宝玉这样不严肃,成天在女孩子队伍里混,他们的相似处,应该是那种灵性,所以贾母才能对宝玉的所为完全理解,并予以保护。

不但"女人"是被塑造出来的,"无价宝珠"和"鱼眼睛"也是被塑造出来的。第七十七回,宝玉看周瑞家的穷凶极恶地撵司棋,恨恨地骂这些女人"沾染了男人的气息混账该杀",守园门的婆子听了,也不禁好笑起来,因问道:"这样说,凡女儿个个是好的了,女人个个是坏的了?"宝玉点头道:"不错,不错!"婆子们笑道:"还有一句话我们糊涂不解,倒要请问请问。"

这是个关键节点,整本书里,第一次有人对宝玉的"唯女儿论"提出质疑,可惜立即被别人打断,不了了之了。不免要想,这婆子要问宝玉什么,普通人会问,那你妈呢?但这个老婆子怕没这么大胆子,也许,她要问的是,那么,这难道是我们的错吗?

贾母没有活成"鱼眼睛",和更多的女人活成了"鱼眼睛",都是各人际遇使然。前者令人欣赏,但也不必歌颂;后者令人叹息,但也无须大加鄙夷。在女性无法自主选择的社会里,做道德评判粗暴又势利,我想这应该是后来宝玉终于明白的事。

紫鹃、袭人和晴雯：大丫鬟的生存之道

【一】

荣国府里各房，视作一个个衙门也可以，贾母这里是大衙门，猫儿狗儿都比别处尊贵，月钱一两银子的丫鬟就有八个，袭人是其中之一。宝玉屋里没有这一等的丫鬟，贾母疼他，派袭人侍候他，编制仍然在贾母这里，别人也没话可说。

看似收入不变，但这种下派终究是个好差事。袭人在贾母屋里即使不算凤尾，也算不得什么红人，到下面就不一样了，成了小部门领导，说话好使了，有下属了，人家都知道你是下派的，有理没理让你三分。这些都不论，在下面，用不着再屏息静气，可以稍稍放飞下自我。

紫鹃、袭人与晴雯，就是贾母分别下派到黛玉和宝玉屋里的三个丫鬟，她们在新岗位上重新打造自己，活出不同的路数。

紫鹃出场极早，应该就是鹦哥，书中写道："贾母见雪雁甚小，一团孩气，王嬷嬷又极老，料黛玉皆不遂心省力的，便将自己身边一个二等丫头名唤鹦哥者与了黛玉"。

说是二等丫鬟，也许和年龄资历有关，贾母一见到黛玉，就疼爱怜惜之至，派去的丫鬟一定是信得过的。后来鹦哥消失不见，只有个紫鹃在黛玉跟前忙来忙去，还跟宝玉说："你知道，我并不是林家的人，我也和袭人鸳鸯是一伙的，偏把我给了林姑娘使"，又说"我是合家在这里……"。基本可以确定她是鹦哥变的。

从鹦哥到紫鹃，改名的曲折书中没说，对于当事者却是巨变。

鹦鹉在古代文艺作品里经常出现，通常是一种点缀，如杜甫的"啄余鹦鹉香稻粒，栖老凤凰碧梧枝"，这鹦鹉就显得没心没肺的。即便写出"日日花前常病酒，不辞镜里朱颜瘦"这种凄切之辞的冯延巳，说起鹦鹉，也不过是"玉钩鸾柱调鹦鹉，宛转留春语"。鹦鹉的形象，是无情思的学舌者。

杜鹃就不一样了，我读诗不多，一看到这俩字，也能立即想起"庄生晓梦迷蝴蝶，望帝春心托杜鹃"，想起"子规夜半犹啼血，不信东风唤不回"，以及"其间旦暮闻何物，杜鹃啼血猿哀鸣"……

杜鹃二字被文人赋予最极致的哀怨，九死未偿的不甘，像是说黛玉，也像是说黛玉身前身后都操碎了心的紫鹃，是凄楚之点，但是在黛玉这里，紫鹃从一个普通的"二等丫鬟"，活成了有灵魂的人。

她以黛玉的保护者自居。下雪了就让雪雁给在薛姨妈家做客的黛玉"巴巴的"送去手炉；担心黛玉嫁到别人家受欺负，对宝玉旁敲侧击，还迫不及待地催薛姨妈说媒；平日里遵从黛玉嘱咐，等那大燕子回来，尽心尽职地拿石狮子把帘子抵上……

她太适合做黛玉的丫鬟了，不知道是贾母有识人之明，还是黛玉的人格有晕染性，看似柔弱，却有着奇异的感染力，从她身边的宝玉、紫鹃，到千年之下的读者，都无法不被她打动。

鸳鸯曾说她和袭人、紫鹃等人是一伙的，但袭人和鸳鸯、平儿几个多有互动——或是在大观园里邂逅，或是工作交接，比如袭人跟平儿催月钱、鸳鸯跟平儿讨论工作等等。紫鹃却很少与她们同框，更不生任何是非。

她似乎永远待在潇湘馆，低调，内敛，刻意地将自己边缘化，只惦记黛玉的冷暖。她也许是荣国府里心最累的丫鬟，却也是荣国府里最安心的丫鬟，她将这份原本卑微的工作，做出了守护神的光芒，要说没有奴性，应当以她为最。相形之下，晴雯口口声声的"不稀罕"，透着羡慕嫉妒恨，内中依然有为奴者的被动。

【二】

袭人是另外一个极端。

如果要让红迷选一个《红楼梦》里最讨厌的人，我怀疑袭人会高票入选，虽然赵姨娘给宝玉、凤姐扎过小人，但赵姨娘的坏，是笨拙的、有漫画效果的、可以防范的。在很多人眼中袭人更带有欺骗性，人人都说她好，她在李嬷嬷那里受了委屈，连黛玉都替她鸣不平。

袭人因此显得更恐怖。鲁迅曾说："若将韬略比作一间仓库罢，独秀先生的是外面竖一面大旗，大书道：'内皆武器，来者小心！'但那门却开着的，里面有几枝枪，几把刀，一目了然，用不着提防。适之先生的是紧紧的关着门，门上粘一条小纸条道：'内无武器，请勿疑虑。'这自然可以是真的，但有些人——至少是我这样的人——有时总不免要侧着头想一想。"

的确有很多人认为，袭人看上去就是那种需要想想的人。

很多人认为，她老好人的表面下包藏祸心，首先是出卖晴雯，其次她反对宝黛恋情。

晴雯一事，我曾写文章说过，书里点明了是王善保家的告的黑状，王夫人驱逐怡红院里的丫鬟时，指出芳官、蕙香等人罪状，晴雯那里却是莫须有。如若袭人有心递料，未必找不出来一星半点。

至于说芳官、蕙香的黑料是谁给的，书中并没有说是袭人，我有旧文分析过，秋纹的可能性都比袭人大。芳官、蕙香她们的后来者居上，受损的是秋纹这些同级别者，袭人的准姨娘位置基本坐稳，以她之谨慎，犯不着无事生非。

出卖黛玉说，十有八九是受续书影响，而我一向不认同续书。前八十回里，袭人只是从男女大防的角度，建议王夫人把宝玉从大观园里迁出，这也是她作为大丫鬟的职责所在。别说她自己和宝玉发生过关系云云，宝玉屋里多收一个人，和宝玉自己跟人私定终身，完全不是一个等级的事儿。

洗刷掉出卖嫌疑，我对袭人依然敬而远之，我扛不住那种以温柔包裹的无情。

袭人一出场，书里对她的介绍就是："原来这袭人亦是贾母之婢，本名珍珠。贾母因溺爱宝玉，生恐宝玉之婢无竭力尽忠之人，素喜袭人心地纯良，克尽职任，遂与了宝玉……更名袭人。这袭人亦有些痴处：服侍贾母时，心中眼中只有一个贾母；如今服侍宝玉，心中眼中又只有一个宝玉……"

这话说得含蓄，却令人细思极恐，若你身边有个这样的人，她待你好时，眼里心里只有你，你都感动得一塌糊涂不知如何回报了，一转脸，她把你忘得一干二净，要怎样强韧的神经，才能承受这种急刹？

书里有现成的例子，袭人曾被贾母派去照顾湘云，袭人为她梳头洗脸，照顾得无微不至，重感情的湘云多少年都把这个袭人姐姐挂在嘴边，却也敏感地察觉到，自打袭人跟了宝玉，待她就与从前不同了。她快言快语地说："那会子咱们那么好，后来我们太太没了，我家去住了一程子，怎么就把你派了跟二哥哥，我来了，你就不像先待我了。"

对于宝玉，袭人又如何呢？看似她就像宝玉的另外一个娘，千叮咛万嘱咐，把宝玉的事儿看得比天大，但是早在第十九回，她说将来要离开时，宝玉就"思忖半晌"，自思道："谁知这样一个人，这样薄情无义。"

如果说这句还是宝玉的妄加猜测，到了第三十六回，袭人明确地跟宝玉说："难道作了强盗贼，我也跟着罢。"她对宝玉的跟随，是有前提条件的，在宝玉面前的各种体贴周到，于她不过是本职工作。

　　这些，为她后来离开宝玉做好了铺垫，虽然续书是说她嫁人在宝玉出家之后，但是从她判词里那种惆怅的口气看，剧情未必是这种走向。宝玉极有可能是眼睁睁看着她离开的。

　　我一直认为，"无情"是个中性词，无情并不是错，袭人不过是在她人生的每一步，都做出了正确的选择而已。业务能力过硬，同时也不妄自托大，更没有多余的情绪。"醒时同交欢，醉后各分散"，这种简明截断，在她也许是一种本能，一种天赋。浮屠不三宿桑下，不欲久生恩爱，袭人不出家而胜似出家，别说三宿于桑下，三年五载都不是个事儿。

　　虽然她有时候也会委屈，也有眷恋，但这些情绪她随时可以像蛛丝一样拂去。在她无端端被宝玉踢了一脚之后，她首先担心的，是不育，"将素日想着后来争荣夸耀之心尽皆灰了"，这个"争荣夸耀"才是她内心的终极指令。

　　袭人有点像唐僧，别管能力资质如何，起码目标清晰，不受干扰，零耗损，她那月钱一两银子的大丫鬟待遇，不是白得的，她在哪里都能做得很好。可以想象，即使活在现在，就职于某家公司，袭人也不会混得太差。

【三】

　　袭人和晴雯的本质差别，在于袭人有大局观，能够认识到自己是职场中人,要按职场的规矩来。晴雯固然聪明伶俐,但目光有局限,真的把怡红院当成自己家了。

晴雯生得美,一路备受宠爱,在她还未留头时候,就被买家赖嬷嬷带着去见贾母,显见得当成了一个精致的小玩意。贾母看着也喜欢,赖嬷嬷就送给了贾母。

当长辈的,总想把最好的都给孩子,在贾母眼里,晴雯就属于"最好的","模样爽利言谈针线"都很出挑,"将来只她还可以给宝玉使唤得",就把她派到宝玉那里,月钱是一吊钱,略低于袭人。

对于贾母的用心,晴雯当心知肚明,她是作为后备干部来的,"只说大家横竖是在一起",这是晴雯太有安全感,以致平日里刁蛮任性的缘故。

后来王夫人把晴雯叫来问话,晴雯感觉到苗头不对,抬出贾母来,说:"我原是跟老太太的人。因老太太说园里空,大人少,宝玉害怕,所以拨了我去外间屋子里上夜,不过看屋子。我原回过我笨,不能服侍。老太太骂了我,说'又不叫你管他的事,要伶俐的作什么'。我听了这话才去的⋯⋯至于宝玉饮食起坐,上一层有老奶奶、老妈妈们,下一层又有袭人、麝月、秋纹几个人。我闲着还要作老太太屋里的针线,所以宝玉的事竟不曾留心。"

看上去是解释为什么她对宝玉不知情,实际上是说她是老太太的人,但是王夫人也不怕,相对于晴雯,她在老太太跟前更能说得上话,只要汇报得巧,老太太那边很容易搞定。

王夫人将她对晴雯的不满轻描淡写,不然等于否定贾母,只说晴雯身体不好。贾母不见得信这话，但是王夫人给了她一个交代，贾母面子上过得去了，自然不会追究。两人话题迅速转到袭人身上，晴雯这一页，在贾母这里算是掀过去了。

上面有人，的确能够在职场上混得比较顺当，但是你上面就那一个人，那个上面，有的可不止你一人。被派下来的人，就像过河卒子，有的被委以重任，有的则是随时可以牺牲掉的，晴雯在贾母这里，属于后者。她不明白这一点，很多人吃亏也是因为不明白这点。

到八十回结束，晴雯的命运已经被揭示，天资太好的人若是缺乏警惕性，会死得比别人都惨。袭人的故事还在进行中，但她随遇而安，温柔和顺，没有自我，她会被命运善待。至于紫鹃呢，她的故事有各种可能，只是作为一个痴心人，她求仁得仁，潇湘馆的岁月与情意能够滋养她一生，倒也不必对她太过牵挂。

大观园里的"杜拉拉升职记"

前两天被公号蛊惑,看了两集正大火的宫斗剧,说是如何突破如何超越,内核还是最古老的"灰姑娘上位记",最多把道具从水晶鞋变成别的,别管多奇葩多有那啥格,还是为了成功地引起男人的注意。

看了就感叹,这都 2018 年了,还在展示女人如何过男人这道河,请看看《红楼梦》里的小红姑娘吧,人家略略彷徨后敏锐地发现,靠别人不如靠自己,性魅力不能成为每个女人的核心竞争力。

小红原本是贾宝玉屋里的丫鬟,贾宝玉住的怡红院就是荣国府里出了名的"米箩",比如厨房里的管家柳家的,想给自己女儿找个安生之地时,首先想到的就是怡红院。

柳家的为何对怡红院格外垂青?书中明确说,一是差轻人多,二是宝玉说了,将来都要把屋里的丫鬟放还回家,由父母自便的。

其实还有些没有说的,比如,贾宝玉是贾母、王夫人的心肝,他的丫鬟,也比别人的丫鬟体面些。

晴雯跟厨房要吃芦蒿，柳家的忙不迭地炒了，自己亲自送过去。迎春屋里的大丫鬟想吃碗炖鸡蛋，柳家的找出各种理由推脱不给办。

宝玉逛园子时便后洗手，有个老婆子拎了壶滚水过来，小丫鬟跟她讨要，老婆子说，这是老太太泡茶的，宝玉的丫鬟秋纹道："凭你是谁的，你不给？我管把老太太茶吊子倒了洗手。"

大丫鬟如袭人更不用说了，老婆子种了葡萄，还没有进贡给贾母她们尝鲜，就先请袭人品尝，袭人恪守规矩，倒把老婆子们说道了一番。

再有，怡红院里的丫鬟，经常在大领导面前晃悠，时常会得到一些好处，比如宝玉派秋纹给贾母、王大人送蜡梅，工夫人一高兴就赏了秋纹两件自己年轻时穿的衣服。袭人派佳蕙给黛玉送茶叶，正赶上贾母给黛玉送钱，黛玉正在分给小丫鬟，一高兴就抓了把钱，赏给了佳蕙。

还有第三个，上不了台面，但丫鬟们心中都有数，那就是，按照贾家的规矩，少爷正式娶亲之前，会收两个人放在房里，贾母把自己很喜欢的丫鬟晴雯下派到怡红院，就有这种考虑。但最后是谁，真的很难说。那个名叫四儿的小丫鬟，不就凭着三分姿色七分机遇进入宝玉视线了吗？她有可能，别人怎么没有？

《傲慢与偏见》里说，每个有钱的单身汉，都会被有女儿的人家视为自己应得的一笔财产。已到婚龄的贾宝玉，被有女儿的人家视为发家的可能，想来也不会太奇怪。

小红是荣国府大管家林之孝的女儿,不过,在宝玉住进怡红院之前,她就在这里看房子。贾宝玉住进来之后,这个长相俏丽、心思活络的姑娘,进入不了丫鬟里的一线,只是负责洒水、扫地、喂鸟的工作,但她也以为自己的春天来了。

然而,一个好部门,有它的优势,有时,也有着能够将优势完全抵消的劣势。以怡红院为例,优势如我们前面所言,劣势则是与优势相伴而生的。

宝玉对下人要求不高,稍稍有点机智和姿色,都有可能被他欣赏,这样一来,机会是多了,但这机会,不会为你所独有。

比如小红,宝玉见了她之后,颇为记挂她,其实他对她一无所知,只是印象不错。但不因个人的核心竞争力而获得的赏识,很容易被他人刷新,转眼宝玉也就把她丢到脑后了。在怡红院里,看上去机遇多多,实则非常廉价。

再者,主子和气,就会蓄养出一帮气焰高涨的二层主子,她们比正经主子更难对付。你想走的路,都是她们曾经经过的桥,你一个动念,她们就已经洞察秋毫。她们比真正的领导更加凶悍、凌厉,小红只不过给贾宝玉倒次茶,就被秋纹、晴雯等人一再盘问,要将她的梦想扼杀在萌芽状态。

在职场上,亦是如此,技术含量不高的部门,好混,但很难真的出头;一个和善的大领导,很可能带出一帮不肯吃素的小头目,想过他们那关殊为不易,你得到的每一点赏识,都会被他们预警为自己的风险。

人人艳羡的怡红院，小红未必搞得定。

那么她接下来应该怎么办？

理论上应该离开，但一般只怕都舍不得，天下乌鸦一般黑，没准这里还是比较白的那一个呢，不然在传说里打分怎么那么高？小红的了得之处这个时候体现出来了，她不怕离开，也不怕从米箩跳进糠箩。

这个糠箩就是王熙凤那里。说王熙凤是糠箩，估计很多人不能认同。王熙凤在荣国府里煊煊赫赫，她的丫鬟平儿也是极有权力和体面的人物。但是王熙凤凶啊，火气上来时，扇平儿耳光或许可以解释为她气糊涂了，拿簪子朝小丫鬟脸上扎，也不见得就是常态，但是贾母等人到道观里参观，有个小道士躲闪不及，被王熙凤抬手就是一耳光，那动作行云流水，可见得极其娴熟，也可见得王熙凤的日常做派。

后来贾琏娶了尤二姐，在外面弄了一处房子，贾琏的跟班兴儿就说："但凡小的要有造化，起先娶奶奶时，要得了这样的人，小的们也少挨些打骂，也少提心吊胆的。如今跟爷的几个人，谁不是背前背后称扬奶奶盛德怜下？我们商量着叫二爷要出来，情愿来伺候奶奶呢。"

这话虽然是对尤二姐的恭维，一半也是实情。周瑞家的也说凤姐待下人过于严苛，荣国府里的下人们，见凤姐躲着走的，估计不在少数。

但是小红就不怕。在她跟凤姐还没啥关系时，凤姐远远地一招手,其他人还没反应过来,她就抢着跑上去了;凤姐让她给平儿带个话,怕她说得不周全,小红主动说,如果我说得不齐全,误了奶奶的事,任凭奶奶责罚就是了。这话不算谦虚,但是,敢任事、有担当、非常职业,正是凤姐想要的。

之后凤姐对小红的表现非常满意,问小红愿不愿意跟她,小红说,跟着奶奶,我们学些眉眼高低,出入上下,大小的事儿,也得见识见识。

她这段话说得太好了,既表了态,又无形中恭维了凤姐,还显示出,她是一个爱学习的人。让凤姐不注意到她也难,而这种注意,比宝玉的注意含金量高太多,有三分姿色的小丫头到处都是,但所有的公司都喊着缺人、缺人才。发挥自身才干,比撩霸道总裁,对于广大女性,更有现实性,但是我们的影视剧里,却不会表现这一点。

在凤姐那里,小红也一跃从一个不为主子所知的小丫鬟,变成了名列平儿、丰儿之后的凤姐的左膀右臂。而成功引起宝玉注意的蕙香,却被王夫人当成狐狸精撵出家门。

更重要的是,小红在凤姐这里,确实能学到更多,一个不那么和气的领导,能让下属有着更强的生存能力。有朝一日,贾家败落,树倒猢狲散,小红也不怕,一直在学习进步的她,有能力自保,并独立门户,八十回后小红应当大有可为。

若是能看到那一部分,也许我们能从小红的路径里得到更多启示。

活在底层，容不得一点掉以轻心

【一】

并不是成为官N代就能高枕无忧，比如宝玉他爹贾政，作为次子，原本袭官希望不大，打算好好学习，自我奋斗。但皇上体恤先臣，额外赐了他一个主事之衔，正六品的公务员，不必再受寒窗之苦了。

不是每个人都有这样的运气，荣国府的穷亲戚贾芸就没有。他就是贾氏一路开花散叶中，逐渐被边缘化的那些人，更衰的是，他爹也早早死了，没有给他留下什么。寡母倒还使着一个小丫鬟，但那年月，有的是生下儿女养活不起的穷人，能给口饭吃，就使得起丫鬟。

第一次出现在读者面前时，贾芸就是这样一个两手空空的年轻人。他十八九岁，急需找份工作，往小里说他要养活自己和老母，往大里说他要重振家业。好在背靠大树好乘凉，住在皇城根下的刘姥姥都能想到去荣国府拔根寒毛，贾氏族人近水楼台，早就把到荣宁二府寻个生计当成自己天然的权利。

但是即便荣宁二府家大业大，架不住子弟族人众多，狼多肉少，少不得要比拼资源。

有人拼爹乃至于拼爷爷，比如贾瑞，他不学无术，又贪便宜没行止，走哪儿都不招人待见。但他爷爷贾代儒年高有德，主掌私塾，贾瑞理所当然地拥有了对私塾的临时管理权。如果不是他过于胡闹，把自己给作死了，不难在私塾中混口饭吃。

有的拼娘，比如贾芹，他妈周氏一向将凤姐敷衍得很好，关键时刻张下嘴，不难跟凤姐讨个差事。

还有的拼自身，比如贾蔷，他"父母早亡，从小儿跟着贾珍过活"，贾珍对他十分"溺爱"，贾蓉跟他也"最相亲厚"——这就有点奇怪了，贾珍对自己的亲生儿子贾蓉动不动都跟"审贼"似的，挖起墙根来毫不手软，为何对这个毫无血缘关系的孩子竟至于"溺爱"？贾蓉对于他人，无论是贾琏、凤姐，还是他亲爹都毫无心肝，怎么会跟这个贾蔷兄友弟恭？

更怪的是，"宁府人多口杂，那些不得志的奴仆们，专能造言诽谤主人，因此不知又有什么小人诟谇谣诼之词。贾珍想亦风闻得些口声不大好，自己也要避些嫌疑，如今竟分与房舍，命贾蔷搬出宁府，自去立门户过活去了"。

说是"造言诽谤""诟谇谣诼"，好像贾蔷是朵出污泥而不染的白莲花。但是，我们知道，宁国府的"流言"，十有八九可以坐实，那么这些"流言"是真是假，您也可以自行判断了。

至于说贾蔷一个男孩子，能让贾珍父子占到什么便宜？看看

《红楼梦》里，同性之性几乎是家常便饭，贾琏勾搭上多姑娘之前，都拿清俊的小厮败火，就不难想象，比"贾蓉生的还风流俊俏"的贾蔷，倚仗的是怎样的原始资本。

这些资源，贾芸一概没有，他早就没了爹，他娘也没周氏那么能征善战，至于他自身，虽然"生得着实斯文清秀"，但一则未必有机缘，二则他毕竟有寡母守护成长，不见得就能豁得出去。没有近道可抄，那路，就得他自己一步步地走。

【二】

也是机缘凑巧，荣国府"省亲工程"上马。贾蔷捷足先登，借贾蓉、凤姐之力，拿下最肥的一块——到江南采买小戏子，先支了三万两银子的工程款。

剩下的，虽然是些残羹冷炙，却依然为族中子弟觊觎，贾芸也在其中。

他想分一杯羹，就要找个领路人，他先搭上的是贾琏。

看上去没毛病，贾赦、贾政都不怎么管事，贾琏实权在握。况且他为人和气，一向同情弱势群体，跟他打交道成本不高，贾琏也盘算着把管家庙的差事给贾芸。

偏偏斜刺里杀出个贾芹来，就是他妈在凤姐跟前很会来事儿的那位，凤姐是要面子的人，当然得把这娘俩的事儿搞定。贾琏惦记着晚上能"改个样儿"，就顾不上贾芸了——哀哉，威风凛凛如凤姐，也有以性资源换取权力的时刻，而贾琏看似只是让了凤姐一步，两人之间的权力转换，也在闺房嬉笑中悄然完成。

这内情，贾芸当然无从得知，以他的身份、处境，他是那个只能等消息的人。贾琏连腹稿都不用打，直接告诉他那差事被凤姐替贾芹抢了去。

贾琏手中资源川流不息，总能给贾芸弄个差事。贾芸的处境，却使他感觉"过了这个村没有那个店"，容不得半点掉以轻心。所以，贾琏是轻描淡写，贾芸听了，却半晌无语。这"半晌"里，他的内心当是翻江倒海，说出口的，是这样一句话："既是这样，我就等着罢。叔叔也不必先在婶子跟前提我今儿来打听的话，到跟前再说也不迟。"

贾琏依然是漫不经心的"提他作什么，我那里有这些工夫说闲话儿呢"，转身就回屋准备明天的事儿去了，都懒得知道贾芸为什么这么说。

如果你手中有足够的资源，你就能举重若轻，根本不用管别人怎么想。反之，如若你匮乏又有所求，对方的所言，就一字千钧，你须得把自己变成一台高敏感度的仪器，从字缝里寻找有用的信息。

现在，贾芸正是这样一台仪器，他已经判断出，在荣国府，贾琏是个空架子，实权掌握在凤姐手中。

他想改换门庭了，需要隐匿这次行踪，拉开和贾琏的距离，让凤姐感觉到，这个人虽然曾求过贾琏，现在完全投奔了自己。

否则，凤姐即便看着贾琏的面子帮他，终究隔了一层，不会太用力。

二来，贾芸也不想显得太猴急。求人矮三分，过于急迫地求人，矮的就不只是三分。大多数人都不想帮助匍匐在地上的人，低眉折腰，也有个限度。

踩稳了这一步，贾芸才去走下一步，这下一步该怎么走，你去问贾宝玉，哪怕是家道中落之后的贾宝玉，他都未必知道。虽然这条路就在那里，貌似人人都知道。

这条路就是行贿。历史已经雄辩地证明，许多情况下，行贿都是捷径，据说和人类智商最为接近的大猩猩，经训练知道金钱的妙处之后，都会做两件事：一是钱色交易，二是行贿。

但知识分子有点身份有点文化的大多总是顾虑多多，担心自身失格，也怕对方忽然翻脸："请你尊重我。"

贾芸的底层出身，恰好让他没这么多弯弯绕。他离开荣国府，一个人走在路上，默默思量，他可以为凤姐做点什么。

送钱效果最好，或者古玩玉器高档烟酒这种硬通货，但这些，贾芸第一送不起，第二他谋的事情用不着放那么大的招，他必须花小钱办大事，要送得机智，送到对方心坎上。

他想到了他舅舅卜世仁的香料铺子，首先赶在节前，凤姐正需要置办冰麝之类，再说他以前没怎么跟舅舅张过口，认为在他舅舅面前有足够的信用可以赊借。

卜世仁并不这么认为，先说自家铺子才立了不许赊欠的规矩，而且也没有这些香料，接着就劈头盖脸地数落他。

在卜世仁的嘴里，贾芸没有主见，不知道好歹，没有算计，立不起来，不像贾芹那么能干……老天，他说的这是贾芸吗？但也许，这就是他眼中的贾芸。

人们喜欢妖魔化穷亲戚，放大他们的无能以及所谓的道德缺陷，这样拒绝他们的求助时，就能更加理直气壮。不幸的是，求援者处于弱势地位，无力识别这种色厉内荏，会以为自己真的问题多多，羞愧而去，一蹶不振。

贾芸却不是个吃素的，他带着笑，指出他父亲去世时他还不懂事，丧事是几个舅舅料理的，他手里没有落下什么——我总怀疑这句话暗示他舅舅们侵吞了他的家产。其次，他说，他也没怎么叨扰过舅舅们，找他们要过任何东西。

他回复得很有力，但也没有用，他舅舅照样不肯帮他，舅妈连饭都不愿意留。一直很沉得住气的贾芸，终于负气而去，低着头只顾走，一头撞到一个醉汉身上。

【三】

这人就是《红楼梦》里出场不多但人气极旺的醉金刚倪二。关于两人的这段交集，书中着墨不多，却在千把字之间，写尽人性幽微。

书中说这倪二是个泼皮，放高利贷的，平时混迹于赌场，专管打架吃酒，放现在，估计就是那种左青龙右白虎大金链子小手表的黑道大哥。

这天他过得和往常一样，索了利钱，吃酒归来，被贾芸撞上了，抡拳就要打，便听贾芸叫道："老二住手！是我冲撞了你。"

倪二听见熟人的声音，将醉眼睁开，见是贾芸，才"忙把手松了，趔趄着笑道：'原来是贾二爷，我该死，我该死。这会子往那里去？'"

听听这口气，多么和善，刚才被他索债的人若听到，怕是不敢相信自己的耳朵。倪二不但温和，还仗义，听说贾芸受了气，就要替他出气，声称"这三街六巷，凭他是谁，有人得罪了我醉金刚倪二的邻居，管叫他家破人亡"。

知道得罪贾芸的是他舅舅，倪二不好再骂，却当即表示：不用愁烦，我这里有钱，你拿去用，我不要你的利息。

看上去，这位倪二像是《水浒传》里的李逵、《三国演义》里的张飞一类的人物，鲁而侠。这类人物向来讨喜，一则忠诚，二则这忠诚似乎因为智商不够，让人能够放松而愉悦。要是在这类小说里，贾芸接下来就应该跟倪二八拜成交了。

但贾芸的感觉却不同，他不相信无缘无故的爱和无缘无故的慷慨，担心倪二是"醉中慷慨"，是临时的、突发的，有有效期的，更担心他明天加倍要利息。

这小是与生活实打实地碰撞出来的经验。王维可以"相逢意气为君饮，系马高楼垂柳边"，那是因为他天资过人，运气不坏，总是被人温柔相待，他有余地、有资本承担不设防的风险。贾芸不能，他本钱太少底子太薄，容不得一点行差踏错，也不可以为片刻错觉埋单。

如果你当时站在贾芸旁边，也许能听到他的大脑如同电脑主机飞快运转，几句话之间，他已经走一步看三步地想到"等那件事成了，也可加倍还他"。确定这风险可控，才接受倪二的援助。但接下来还是"一直走到个钱铺里，将那银子称一称"，数额正如倪二所言，他才放下心来，"心下越发欢喜"。

这个贾芸，是不是太鸡贼了？是不是有点辜负倪二的一片好心？倒也不是，他对倪二的猜测，是建立在倪二的常态上的，倪二这一刻在他面前的表现，却是非常态的。

倪二自己也说了，他就是个泼皮，借给别人钱，就图个利息，那么他为什么不要贾芸的利钱，甚至愿意冒着无法收回成本的风险呢？我们且看倪二怎么说：

"你我作了这些年的街坊，我在外头有名放帐，你却从没有和我张过口。也不知你厌恶我是个泼皮，怕低了你的身分；也不知是你怕我难缠，利钱重？"

这段话有两个信息：第一，在倪二眼里，贾芸是个有身份的人；第二，贾芸从未跟他借过钱。

贾芸有什么身份？没落的贾氏后人而已，但是这身份，让倪二这种真正的草根肃然起敬，就像刘备靠着"刘皇叔"的身份，也能圈到资源一样。

当然，如果贾芸不珍惜这个身份，三不五时地找他借个钱，这贵族后裔的光环也就没了，贾芸看上去随和，内里却是自矜的，自重也是一种积蓄，关键时没准就能变现。

所以，请不要因为贾芸的投机钻营就看轻了他，不要因为他认宝玉为父亲，就以为他是奸猾之徒，生计所迫，难免低头，这与道德无关。而贾芸这一日受尽各种艰难，到家在母亲面前只字不提，让她能够继续怡然地坐在炕上拈线，就与让母亲去卖老脸的贾芹有云泥之别。后四十回续作者写他成了出卖巧姐的"奸兄"，我总觉得不大可能。

【四】

一夜休息，贾芸再次出发，去大香铺买到了香料，在荣国府门口等到凤姐，他赞她能干，却转托老母所言，这恭维转了个弯就没那么露骨，不至于让凤姐有被晚辈背后评头论足的不快，听得她满脸是笑。

话题自然转到他备好的礼物上，贾芸说是朋友分送他的，也是聪明，有的送礼人不管礼物轻重，先把送礼这件事搞得很沉重，搞得别人觉得收了就负有天大的责任，只好做两袖清风状，撵出去了事。

但凤姐怕他觉得自己贪这点东西，小看了自己，并没有立即允他差事。贾芸心中着急，面子上依然淡定，又等了一日，再来荣国府门口，与凤姐"邂逅"，凤姐笑嗔他在自己跟前弄鬼，"怪道你送东西给我，原来你有事求我。昨儿你叔叔才告诉我说你求他。"

贾芸回复得也直接："求叔叔这事，婶子休提，我昨儿正后悔呢。早知这样，我竟一起头求婶子，这会子也早完了。谁承望叔叔竟不能的。"

这话也说到凤姐的心坎上，她就是要人知道她说话好使，凤姐道："你们要拣远路儿走，叫我也难说。早告诉我一声儿，有什么不成的，多大点子事，耽误到这会子。那园子里还要种树种花，我只想不出一个人来，你早来不早完了。"

就这么着，贾芸拿到了梦寐以求的差事，去大观园种树种花。他"看那批上银数批了二百两，心中喜不自禁，翻身走到银库上，交与收牌票的，领了银子。回家告诉母亲，自是母子俱各欢喜"。

贾芸母亲的欢喜里有欣慰，贾芸的欢喜则多一点放松吧，这两三日之间，他辗转于荣国府、舅舅店铺、家中各处，有时疾步流星，有时耐心等候，随时揣摩对方的言外之意，迅速做出下一决定，他警觉、紧绷、步步为营，巧妙逢迎，所费心力，不亚于一场征伐。

没办法，无产者想要打捞第一桶金，即使是这样包含各项成本的二百两银子，也不得不全力以赴，侠义、慷慨、高蹈于他，是传说，也非他可以觊觎之物。

贾芸是刘姥姥的另外一个版本，他的生存状态，与他遇见的荣国府诸位，比如贾琏、凤姐形成对照。在这中间，曹公还特地穿插了他和宝玉一场碰撞，种种细节，逼真而又滑稽，是曹公毫不客气的自省和自嘲，颇有可玩味处。这些，在下一篇里说。

宝玉和贾芸,一场尬聊里显示的阶层差异

当年胡适之先生平易近人,热情好客,即便是学生,也笑脸相迎,称之为"某先生"。一时间人人以他的朋友自居,似乎去他家喝杯茶吃顿饭,就可以口称"我的朋友胡适之",进入他的朋友圈,同时等于进入文化圈了。

时移势迁,现在人们估计更乐于提到"我的朋友马云"或是嵌入其他如雷贯耳的名字,然而,成为"朋友"是否就是入了圈子很难说,一起吃顿饭、喝个茶或是对方饶有兴味地问你几个问题,也不见得就拿你当了朋友。且看《红楼梦》里,贾宝玉和贾芸的尬聊,就知道这类交情到底价值几何。

这天贾宝玉要去给伯父贾赦请安,在门口正待上马,碰上了请安方回正要下马的贾琏。这对以马代步的堂兄弟不免要寒暄儿句,就在这时,有个没有马的人从边上转出来,说:"请宝二爷安。"此人就是贾芸。

关于贾芸其人,我上篇文章里曾有介绍,他是荣国府的穷亲戚,

长到十八九岁年纪,想在荣国府找个差事,时不时进府来找贾琏套近乎。

贾芸长得好,书中说他"容长脸,长挑身材,年纪只好十八九岁,生得着实斯文清秀"。宝玉是个超级外貌党,不管男女,只要长得好看,就有亲近之心。

比如说他第一次见秦钟,就完全被对方的美貌折服,自卑得将自己贬做泥猪癞狗,连出身于富贵家庭,都当成自己的原罪。后来遇见"妩媚温柔"的琪官,也是"心中十分留恋""紧紧的搭着他的手"。

所不同处在于,对于前两位,宝玉不但爱慕,还很谦卑,在贾芸面前,不知怎的,就变出一股等闲不容易见到的张狂,"宝玉笑道:'你倒比先越发出挑了,倒像我的儿子。'"

贾琏都有点听不下去,笑道:"好不害臊!人家比你大四五岁呢,就替你作儿子了?"贾芸却接过话茬:"俗语说的,'摇车里的爷爷,拄拐的孙孙'。虽然岁数大,山高高不过太阳。只从我父亲没了,这几年也无人照管教导。如若宝叔不嫌侄儿蠢笨,认作儿子,就是我的造化了。"

贾芸的低姿态且不表,只说宝玉为何突然如此轻狂?人的态度,常常是被激发出来的,宝玉虽然不通世故,却是极敏感之人,他即便不知道贾芸所为何来,但不管是旧有经验,还是贾芸的姿态打扮,应该都能让他感觉到此人对他家有所求。

他的优越感不由自主地溢出,口气居高临下,要贾芸有空时来找他,"这会子我不得闲儿。明儿你到书房里来,和你说天话儿,我带你园里玩耍去。"

这是一个邀约,时间是"明儿",只是在汉语里"明儿"向来语义含糊,可能指的就是明天,也可能指的是心情不错的某一日。怎么理解,往往和各人的身份、地位、所处位置有关。

贾芸不敢不理解成第一种。第二天,他来到荣国府,给凤姐送过礼之后,就到宝玉的书房来,枉等大半天,不见宝玉的影子。

第三天,贾芸再来荣国府,也是先去"巧遇"凤姐,完事又来找宝玉,闻听宝玉一早便往北静王府里去了。

接着宝玉被赵姨娘扎了小人,大病一场,渐渐痊愈,忽然有一天,他想起贾芸来,一时二刻逼着他的奶妈李嬷嬷去喊他。好在这时贾芸在凤姐手里讨到了差事,带着人在大观园种树,叫进去也容易。

贾芸终于来到怡红院,和宝玉对坐在一起,但是气氛非常怪。贾芸一如既往地殷勤、和气、认低、服小,宝玉却是前所未有地托大。

比如,袭人给贾芸倒茶,贾芸忙站起来笑道:"姐姐怎么替我倒起茶来。我来到叔叔这里,又不是客,让我自己倒罢。"宝玉居然说:"你只管坐着罢。丫头们跟前也是这样。"

这太奇怪了,袭人突然就成了宝玉嘴里的"丫头",除了这一时刻,他对袭人都是珍重有加的。接下来他和贾芸说起没要紧的散话,"谁家的戏子好,谁家的花园好,又告诉他谁家的丫头标致,谁家的酒席丰盛,又是谁家有奇货,又是谁家有异物"。

除了这些话，宝玉真的就没其他话可说吗？他平时跟天上的鸟地上的鱼都能说得着，这会儿，就谈谈这些不是也可以？贾芸既然在园子里种树，想来总知道一二。再不济，谈谈花草树木市井八卦也是好的，后来宝玉和刘姥姥都能聊几句天呢。

容我阴险地怀疑下，我觉得宝玉是存心的，他的虚荣心优越感被这个有所求的贾芸给激发了，他忍不住要显摆他见过的繁华。这，或者也是宝玉对贾芸感兴趣的缘故。

我小时候，邻居家有个男孩，跟我年龄相仿，有次我去他们家，忽然觉得这个小伙伴哪里不太对，亢奋、浮夸、饶舌，走路都转着圈，好像踩着华丽的舞步。

应该是他家中那位客人引发他的这种反应。客人从乡下来，比我们大几岁，衣衫朴素到近乎寒酸，表情却是成熟乃至于练达的。他微微笑着，对于小伙伴的各种夸耀都给予回应，我觉得，正是他的出现，让小伙伴有了享受那优越感的可能。

只是，我那小伙伴的话，那亲戚还接得住，而宝玉的显摆，却让贾芸有心敷衍也找不到北。

他勉为其难地顺着宝玉说，只怕也是言之无物，只有嗯嗯啊啊而已。背景不同，所见不同，谈资不同，就算能坐在一起喝杯茶又有鸟用？贾芸这边当然意思不大，宝玉说着也没了兴致，渐渐就有些"懒懒的了"。贾芸起身告辞，宝玉也不甚留，叫小丫鬟把贾芸送了出去。

那么，贾芸是活该吗？是他上赶着找这么一场尴尬吗？倒也不见得。

首先需要判断的是，贾芸是否有那么想见宝玉？没错，他是一次次地苦等宝玉，但是，这种苦等，有时候是因为有所求，有时候是因为不得已。

很多人以为他是有所求。比如宝玉的奶妈李嬷嬷。李嬷嬷帮宝玉去喊贾芸时，路上遇到了小红，李嬷嬷抱怨宝玉不靠谱，"好好的又看上了那个种树的什么云哥儿雨哥儿的，这会子逼着我叫了他来。明儿叫上房里听见，可又是不好。"小红笑道："那一个要是知道好歹，就回不进来才是。"李嬷嬷说："他又不痴，为什么不进来？"

在李嬷嬷看来，贾芸见宝玉有着天大的好处，这固然因为是她把宝玉奶大的，看得要紧，只怕也是普通人的看法。荣国府贾政的嫡子，元妃的胞弟，贾母最疼爱的孙子，简直就是荣国府的王思聪啊，跟他打上交道，就是获得了一笔重要的资源。

但宝玉虽是锦衣玉食，能量却有限，他跟柳湘莲说过，虽然有钱，却不由他使。家里大小事务，他一概不操心，也轮不上他操心，他不可能像贾琏或是凤姐那样，帮贾芸弄个差事的。

当然了，贾宝玉人脉资源还是有点的，比如他有许多可以由着性子使钱的狐朋狗友，像薛蟠、冯紫烟等等。如果贾芸懂得些花花公子的喜好，能像茗烟那样帮贾宝玉买小黄书，像程日兴那样帮薛蟠弄来"这么粗这么长粉脆的鲜藕，这么大的大西瓜，这么长一尾新鲜的鲟鱼……"，甚至像琪官那样，能够点缀场面，贾芸还能够从这种交换中获利。但是，作为一个混在底层的经济适用男，他实在来不了这些啊。他和宝玉的共同语言，都不够应付一盏茶的工夫。

贾芸和宝玉的这次交集，实在太无厘头了，只能说，人与人太容易发生好感。但这容易发生的好感有两种：一是彼此间虽是初相识，犹如故人归，原本就有着相同的东西，只是在理性认知之前，感性已经朝前一步，拥抱在一起，比如宝玉与林黛玉；另外一种就是一时的兴致，一时的想象，比如宝玉和贾芸。对此，贾芸心中应该是有数的。

从他对于倪二的防范可以看出，他对于这种临时的热情是多么了解，在怡红院里，他的紧张周到，也说明，他从未将宝玉的热情当真。

也许，从一开始，他认宝玉为父亲，一次次地到外书房等待宝玉，就未曾抱什么期望，他只是不敢得罪宝玉，因为得罪宝玉，也就是间接得罪了凤姐、贾琏他们。

贾芸对于宝玉的殷勤，差不多就因为此种原因吧。从怡红院里退出来时，他没准都悄悄松了一口气。但他也没有忘了宝玉，比如帮宝玉弄两盆极为珍贵的白海棠，只放在后门口，让老婆子送进来。他的说法是天气暑热，恐园中姑娘们不便，故不敢面见，心里却未尝不知道，见面非但不能加分，没准会让两方面都不自在。贾芸是聪明到敲敲头顶脚底板都会响的人，他懂得怎样的距离最好。

有意思的是，贾芸的恋爱对象——虽然前面只是互相暗恋着——小红，曾经跟宝玉也有类似的交集，她瞅了个空子，给宝玉倒了杯茶。在怡红院里，给主子倒茶也是需要资格的，小红并没有这个资格。

不得不说小红是个革命派，这次倒茶差不多算她的一次起义，她成功地引起了宝玉的注意，但晴雯、秋纹等人组成的铜墙铁壁，使得她最终功亏一篑。一次倒茶改变不了什么，还是到了王熙凤那里，小红才发挥了她的长处，混成了有头有脸的丫鬟。

不管是给人倒茶，还是一起喝茶，作用都是有限的，人想出人头地，还是要靠自己，靠自己的能力。写到这里，似乎有点鸡汤了，可是贾芸和小红，本来就是《红楼梦》中少有的奋斗者和创业者，从他们身上提炼出一点鸡汤来也很合理。

"集邮女星"多姑娘为何放过贾宝玉

《红楼梦》里,贾琏是个花心好色的人,贾母说他"脏的臭的都往屋里拉",他似乎还就喜欢这种重口味。让他送黛玉回苏州没出什么幺蛾子,他见到香菱也能坦然地夸上一句,贾琏喜欢的,通常是过来人,比如尤二姐,再比如,家中下人的妻子——鲍二家的和多姑娘。

我曾经以为鲍二家的和多姑娘是前后任,是鲍二的两任妻子。先前那个"鲍二家的"跟贾琏通奸不是被凤姐抓了个现行吗?她不是又羞又惧,找根绳子把自己吊死了吗?结果这位鲍二,好像发愿要和贾琏将同情兄做到底似的,又娶了和贾琏颇有些渊源的多姑娘。

我以前看过的《红楼梦》里明确地说:"那鲍二向来却就和厨子多浑虫的媳妇多姑娘有一手儿,后来多浑虫酒痨死了,这多姑娘儿见鲍二手里从容了,便嫁了鲍二。"

最近偶翻《红楼梦》,发现多姑娘嫁鲍二那段竟然神奇地消失了，她始终都是响当当的"多姑娘"，多浑虫没死去活来过。他们夫妇二人是晴雯的表兄嫂，鲍二夫妇是另外两位。

难道是我记错了？翻了下注释才明白，大概我从前看的老版本上有这段，新版本给删去了，文后注释里说："这段文字仅程甲本所独有，文中写多浑虫已死，与脂本第七十七回有多浑虫出现不合，因从梦稿、蒙府、戚序、甲辰本改。"

博大精深的红学啊，您这一改不当紧，我的童年记忆也没处着落了。不过现在这么一看，却也觉得删得合理，从文本看，多姑娘再嫁的话，也不大可能嫁给鲍二。

曹公对鲍二用墨不多，就那么几笔，写出了这人欠缺血性廉耻。他的原配吊死之后，只因贾琏给了银子又说了几句好听的，他便"又有体面，又有银子，有何不依，便依然奉承贾琏，不在话下"。其麻木愚蠢呼之欲出。就算贾琏做主，多浑虫凑巧也死了，多姑娘会嫁给这样一个人吗？我觉得不大可能。

没错，多姑娘原先嫁的那多浑虫也不是什么好人，书中直截了当地说他是"极不成器破烂酒头厨子""任意吃死酒，家小也不顾"，但多姑娘嫁他，是有原因的，虽然曹公将她刻意简化甚至是标签化、脸谱化，但仔细看字里行间，依然不难发现，她是一个有故事的人。

多姑娘一出场就显得特别想得开，说她"年方二十来往年纪，生得有几分人才，见者无不羡爱。他生性轻浮，最喜拈花惹草。多浑虫又不理论，只是有酒有肉有钱，便诸事不管了，所以荣宁

48

二府之人都得入手。因这个媳妇美貌异常，轻浮无比，众人都呼他作'多姑娘儿'"。

《红楼梦》里不全是良家妇女，尤三姐曾对尤二姐说过："你我生前淫奔不才，使人家丧伦败行"，但尤三姐希望通过嫁给柳湘莲"洗白"，尤二姐想上岸从良，不管她们的行为怎样放肆，她们的思想，还是在男性社会框架下的，耿耿于自己"不干净"，需要一个男人来救赎。

多姑娘却不同，她似乎非常享受这种生活，而且还不完全是图钱，那描述尺度很大："谁知这媳妇有天生的奇趣，一经男子挨身，便觉遍身筋骨瘫软，使男子如卧棉上；更兼淫态浪言，压倒娼妓，诸男子到此岂有惜命者哉。"

能够让自己变得绵软从而更加性感，这是天赋，更是因为放得开，相形之下，"扭手扭脚"的凤姐就僵硬了许多。

书中还说到了多姑娘的"集邮癖"："满宅内便延揽英雄，收纳材俊，上上下下竟有一半是他考试过的"，晴雯被撵回哥嫂家那一回，宝玉来探晴雯，竟然被"守株待兔"的她强拉入里间，"坐在炕沿上"，紧紧地搂入怀中，还说"我等什么似的，今儿等着了你"，这种泼辣的做派，根本是将宝玉当成了小鲜肉。

眼看着宝玉像唐长老似的陷入险境，又羞又急，不知如何是好，这位了不起的多姑娘突然画风一转，赞赏起宝玉、晴雯两人的"贞洁"来："方才我们姑娘下来，我也料定你们素日偷鸡盗狗的。我进来一会在窗下细听，屋内只你二人，若是偷鸡盗狗的事，岂有不谈及于此,谁知你两个竟还是各不相扰。可知天下委屈事也不少。如今我反后悔错怪了你们。既然如此,你但放心。以后你只管来,我也不罗唣你。"

哎,这位多姑娘啊,您这一变脸,我还真不太适应,什么叫做偷鸡盗狗,这不是您平时最爱做的事吗?干吗说得这么难听?作为一个深得其乐的人,当此之际,难道您不应该替晴雯懊恼:早知会担个虚名,当初就应该另有个道理?也不枉来这人世走一遭?一个真正想得开做得出来的集邮爱好者,为什么会这样发自肺腑地赞扬一个柳下惠呢?

当然,我也知道,欲女最爱诱僧,但是那毕竟还是爱,是僧人禁欲系的宝相尊严,让欲女感到别样的性感。多姑娘对宝玉的肯定,则是一种道德表彰,甚至是对宝玉和晴雯是否"清白"的盖棺论定,她欣赏的不是什么性感,而是那种秋毫无犯的美德。为什么在那样一个暧昧的情形下,她突然对这点感触至深?是否因为她曾经遇到过相反的事件?

回看多姑娘的来历,会发现是一件诡异之事,在二十一回里说这姑娘是多浑虫的父母自小替他在外面娶的,到了七十七回,又说是赖家把"家里一个女孩子配了他",不知道是曹公写忘了还是怎么着。不管多姑娘是怎样一番来历,这样一个"美貌异常"的女子,会随便嫁给多浑虫这等"酒糟透"之人都很奇怪,有点像潘金莲嫁给武大郎,那么,多姑娘的前传,是否也如潘金莲一样曲折?

她是曾如彩云那样，被一个贾环式的少爷抛弃过吗？还是像鸳鸯那样被贾赦看中，又因没有贾母的庇护而惨遭侵犯？总之，能说出那样一番话来，她就不可能是一个全无心肝的及时行乐者。

多姑娘的放荡，没准只是一个心高气傲者，对于惨遭沦落的生涯的报复与戏弄。

这个多姑娘，不是《家》《春》《秋》里的鸣凤，也不是《雷雨》里的侍萍，不是尤三姐、尤二姐这些以自己的方式，向男性社会求和的女人。假如生活强奸了你，那就翻身来个女上位。多姑娘没心没肺的笑容背后，自有她的主张。

然而这依旧是被生活所牵制，多姑娘推崇宝玉、晴雯式的感情，应当是她的一个软肋，也许那所谓的享受与淫荡到底不过是她对自己的出演，她是否还会发现新的自己？在荣国府衰败之后，她又会扮演怎样的角色？总觉得彪悍如她，不会是一个戏份如此之少的龙套，曹公简约的刻画，留下开放式的结局，供读者随意推想。

第二辑

凛冬将至

贾雨村和甄士隐：上升草根与下坠中产的一次擦肩

【一】

《红楼梦》第一回，很有种大片即视感，镜头在四个场景间迅速切换，让人眼花缭乱。

首先是作者坐在他人生的角落里，一连串独白；然后转向大荒山无稽崖青埂峰下，一块不得志的石头正在自怨自叹；一僧一道路过此处，将它夹带在神瑛侍者和绛珠仙草的故事里，去看世间繁华；不知过了几世几劫，有个访道求仙的空空道人路过青埂峰，看见这石头上已写满了字，就是我们所见的这部小说。

这四个场景时间地点都不确切，是时空的无涯，突然，作者巨手一翻，忽然抓取出极其精准的定位："当日地陷东南，这东南一隅有处曰姑苏，有城曰阊门者，最是红尘中一二等富贵风流之地。这阊门外有个十里街，街内有个仁清巷，巷内有个古庙，因地方窄狭，人皆呼作葫芦庙。庙旁住着一家乡宦，姓甄，名费，字士隐。"

像是一个陡然推近的长镜头，从魔幻转入现实，寻常巷陌里，甄士隐和贾雨村的一段交往，进入我们的视野。

甄士隐是姑苏人士，"家中虽不甚富贵，然本地便也推他为望族了"，是当时社会里比较典型的中产阶级。他的活法，也是中产的逍遥滋润："禀性恬淡，不以功名为念，每日只以观花修竹、酌酒吟诗为乐，倒是神仙一流人品"。

贾雨村来自湖州，虽然"也是诗书仕宦之族"，他后来自称与荣国府"同谱"，但"同谱"这个概念大了去了。书中明白地说："因他生于末世，父母祖宗根基已尽，人口衰丧，只剩得他一身一口，在家乡无益，因进京求取功名，再整基业"，点明他的一穷二白，是试图突破自身阶层的草根族。

贾雨村来到姑苏，淹蹇住了，"行囊路费一概无措，神京路远"。他只得暂寄庙中安身，每日卖字作文为生。

逍遥自在的中产阶级，与蓄势待发的草根族之间，阶层壁垒最容易打通，没有深似海的朱门，甄士隐能看到贾雨村的才华志向，贾雨村在甄士隐面前虽然略有紧张感，但也还能保持一个读书人矜持的身段。

【二】

两人的交情就此而起，经常在一起谈谈说说，君子之交淡如水。有时甄士隐将贾雨村约到家中，忽有更重要的"严老爷来拜"，甄士隐忙不迭地丢下贾雨村，去见那个更重要的"严老爷"，也可以窥见，两人之间，终有一道隐形的阶层鸿沟。

使得两人关系变得相对黏着的，是甄士隐对于贾雨村的赞助，他赞赏贾雨村的才学和志向，建议他赴京一试。贾雨村言及囊中羞涩，甄士隐便叫小童去拿来五十两白银和一套冬衣，供他一路盘缠。

贾雨村收下银子和衣服，略谢一语，并不介怀，但五更天就打点了行装进京去了。要知道他和甄士隐三更天分的手，两个时辰就能出发，可见他多么高效，多么急迫地想要飞得更高。

贾雨村踏上了他的光明大道，甄士隐的命运却开始下坠。正月十五晚上女儿英莲被拐卖，三月十五隔壁庙里炸供敬佛不小心失了火，甄家被殃及，烧成了瓦砾场。他带了妻子等家人去田庄上安身，"偏值近年水旱不收，鼠盗蜂起……难以安身"，他只得将田庄都折变了，去投奔岳父。

鲁迅说过，有谁从小康人家而坠入困顿的么，我以为在这路途上，大概可以看见世人的真面目。岳父对他的到来并不欢迎，半哄半赚的，"些许与他些薄田朽屋。士隐乃读书之人，不惯生理稼穑等事，勉强支持了一二年，越觉穷了下去"。

中产这个属性太不稳定，抗风险能力极差，一场灾难，就会引发致穷的多米诺骨牌。甄士隐的人生顺流而下，坠入最底层，以至于"渐渐的露出那下世的光景来"。

当甄士隐终于对人生绝望，跟一僧一道远走高飞，他的妻子沦落到靠"日夜作些针线发卖"为生，贾雨村的辉煌才刚刚开始。在门口买线的丫鬟娇杏看见他被前呼后拥着坐在大轿子里，乌帽猩袍，隔着帘子，与她打了个照面。

此时甄士隐不知道在何方，这个丫鬟在买线，也是穿针引线，她串起了甄士隐的刚刚唱罢，与贾雨村的粉墨登场。在这世界上，哪有什么恒久的富贵，秦可卿说了，"荣辱自古周而复始"，烈火烹油、鲜花着锦也不过是"瞬息的繁华，一时的欢乐"。你看他起高楼，你看他宴宾客，你看他楼塌了，但同时，让我们转眼看另外一个人，正在废墟之上，筑建自己的根基。世人来来往往，如过江之鲫，衰败与兴起，一刻也不停息。

【三】

甄士隐的命运里有贾家的缩影，虽然贾家是老牌贵族，百足之虫死而不僵，衰败得要缓慢得多，但只要压缩一下那过程，就是相同势态。在一个中产的故事里，曹公更方便表达他对世道的怨气：善良慷慨的士绅沦为乞丐，穿破袄的腹黑青年换上蟒袍，尽管曹公写得极其克制，还是在寥寥数笔间，刻画出了尚未得志的贾雨村，那掩饰不住的可笑嘴脸。

比如甄士隐的丫鬟娇杏回头看了贾雨村几眼，他马上就认为这个姑娘对自己已钟情。年轻人自作多情并不可笑，滑稽的是，他以为她是个巨眼英雄、风尘知己。

所谓"巨眼英雄"是何人？隋唐时候的红拂也，她不是以美貌以痴情而彪炳史册的，她的过人之处，是善于识别还未发迹的英雄，因此为尚未崛起的野心家所情有独钟。

他们行走世间，等待挑选，机会尚未垂青，若能有一个女人确定他们前途远大，也行。与其说他们期待爱情，不如说他们期待命运能丢下一根签，暗示未来的光明，而一个"巨眼英雄"，正是命运无法告知谜底时，丢给他们的一根上上签。

娇杏的这一回顾，不过是陌生人本能的好奇，贾雨村却浮想联翩，以为自己遇到了传说中的"风尘知己"，这不但安慰了他客中寂寞，更是撞到了他的勃发的野心上。这种试图通过征服女人开启征服世界路途的心态，也有点像《红与黑》里的于连。

如果说这还情有可原，他对帮助他的甄士隐隐瞒真心，就有点过分。收了甄士隐的银子而并不诚惶诚恐，是他的稳重有气质，但听到甄士隐真诚地建议他在十九日这个良辰吉日买舟西上，他明明另有主意，却始终一字不曾吐露，谈笑自如，就透出他骨子里的一种冷硬，他跟谁都不会交心的。

他辜负了第一个于他有恩的人，只要天时地利人和凑得好，还会有一连串的辜负，就是这种人，后来者居上，从"半路途中那里来的饿不死的野杂种"（平儿语），变成社会主流，这是曹公不便直说的尖锐。

曹公在书中屡发免责声明："虽有些指奸责佞贬恶诛邪之语，亦非伤时骂世之旨；及至君仁臣良父慈子孝，凡伦常所关之处，皆是称功颂德，眷眷无穷，实非别书之可比。"跌过跟头的人，自然有这样一种小心，小心归小心，想要说的话，他还是要想办法说出来。

他解注《好了歌》感叹世事无常："陋室空堂，当年笏满床；衰草枯杨，曾为歌舞场。蛛丝儿结满雕梁，绿纱今又糊在蓬窗上。说什么脂正浓、粉正香，如何两鬓又成霜？昨日黄土陇头送白骨，今宵红灯帐底卧鸳鸯……"

就在这转换过程中，上升者与下坠者，在某个节点，打一个照面。这种原本凌厉的交集，在曹公笔下，被写得如此温情。若不是贾雨村太不仗义，差点就是高山流水遇知音了。

这符合现实情况，他们得遇其时。

对于当时的甄士隐，贾雨村还没有变成一个讨厌的人，对于当时的贾雨村，甄士隐还是一个有身份有价值的人。后来贾雨村想见贾宝玉，贾宝玉对他深恶痛绝，只因他已经黑化，完成了由有志青年朝庸俗官吏的蜕变。可以想象，即使"神仙一般人品"的甄士隐未遭劫难，对那样一副面孔的贾雨村只怕兴趣也不大。

贾雨村对于下坠之后的甄士隐同样无感，说是要帮他找女儿，得知英莲的下落，他也并没有表示过过多的关心。

人和人常常是这样，交汇于不早一步也不晚一步的时辰，互相看到对方的闪光，擦肩而过，别后经年，再见面时，物也非人也非，相对只觉得枯索。

【四】

《红楼梦》第一章这几个场景，就是用各种方式告诉我们，这部小说写的是什么。

作者首先感叹自己一技无成与潦倒半生，所幸，还有些精彩的女子可以回忆。他说他要写下那一切，让人知道："我之罪固不免，然闺阁中本自历历有人，万不可因我之不肖，自护己短，一并使其泯灭也。"是铭记，也是召唤，如张岱所言，偶拈一则，如游旧径，如见故人，他们以此召唤往日。

其次，大荒山青埂峰下的那块石头，原为女娲补天时所炼，但其他那三万六千五百块石头都派上了用场，就剩它落了单。它的那种"无用"感，正与宝玉同。在开篇里，曹公对于这种"无用"感觉复杂，为这"无用之用"自负，又因"幸存者内疚"悔恨自己的无用，这种情绪将作为底色，铺垫在全书中。

第三，石头后来变成美玉，这种转换固然是为方便起见，但也是人们自我认知上常有的一种茫然，我是美玉？还是石头？然后它被夹带进神瑛侍者和绛珠仙草的一段缠绵里。你可以将石头视为一个打酱油的，也可以将它视为作者有意引入的一种旁观者视角，他试图用一个局外人的眼光，来看自己的故事。

还有第四，三生石畔，神瑛侍者曾以甘露灌溉绛珠仙草，绛珠仙草便要跟了他下凡，将这一生的眼泪赠予，"也偿还得过他了"，这一种痴情，是被层层包裹起来的故事的内核。

通过这几个场景，将《红楼梦》主旨调性已经透露得差不多，甄士隐和贾雨村的交集，则是对于家族起落的一次小型模拟，是前面各种缠绵感伤的大载体，借甄士隐与贾雨村，曹公写出了命

55

运的无常。

只是，笏满床，也原本自陋室空堂而来，这世上，一切都在变，不变的只有"变"本身，这一点，与善恶无关。甄士隐和贾雨村的转换，乃世间必然。

那首《好了歌》及其解注里，看似悟了"好便是了""了便是好"，却还是有赌气抗拒的成分。要随着写作的朝前推进，才能抵达"赤条条来去无牵挂"的坦然。写作也是对自己的一种渡，在一行行笔墨蔓延里，我们能够渐渐看到，曹公正将自己，从此处渡到彼处。

贾雨村：一个"精致利己主义者"的模板

【一】

人生在世，总想要寻求知己，前有高山流水觅知音的佳话，后有鲁迅对于瞿秋白的深情表达："人生得一知己足矣，斯世当以同怀视之。"宝玉和黛玉的恋情，也是以"知己"二字铺底。

比如宝玉不想见贾雨村，湘云劝他去"会会这些为官做宰的人们，谈谈讲讲些仕途经济的学问"时，宝玉立即翻了脸，说"林姑娘不说这样混帐话，若说这话，我也和他生分了"。

林黛玉恰巧在窗外听见，心中感慨他果然是个知己。这所谓知己，就是三观相同吧，宝钗再好，与宝玉终究隔膜，劝宝玉读书上进且罢了，还给他起了个"雅号"叫"无事忙"，嘲笑他的各种不靠谱。

书中人多数人对宝玉的看法，都与宝钗差不多。黛玉之外，只有一个人，不但对宝玉另眼相看，还总结出一套特别高大上的理论来，将他与史上传奇人物相提并论。更牛的是，这判断完全出于直觉，仅凭旁人的只言片语，就识别出宝玉的灵魂。

此人，就是宝玉懒得见的那个贾雨村。宝玉应该永远无法知道，在他还是个幼童时，贾雨村曾经对他有过一段可谓振聋发聩的评价。

那是在第二回，贾雨村考中进士当上知府之后，"虽才干优长，未免有些贪酷之弊；且又恃才侮上，那些官员皆侧目而视。不上一年，便被上司寻了个空隙，作成一本，参他'生情狡猾，擅纂礼仪，且沽清正之名，而暗结虎狼之属，致使地方多事，民命不堪'等语。"

这段话大可玩味。"才干优长，未免有些贪酷之弊"，似乎是说，"才干优长"，自然导致"贪酷之弊"，听上去政治上很不正确，但现实中确实有一类官员，想干事，能成事，同时也不想太对不起自己。比如李鸿章，晚清的中流砥柱，夙夜在公的同时，也攒下丰厚家产，落得"宰相合肥天下瘦"的讥讽。

曹公用了"未免"二字，或者也可以说明，贾雨村的贪酷，还在官场常态之内，他所以被参奏，主要是因为："恃才侮上，那些官员皆侧目而视"。

像很多少年得志的年轻人一样，贾雨村为他的莽撞、激进和不合时宜的傲娇付出了代价，知府的位子还没坐热乎，他就被削职为民。

面对众人的幸灾乐祸，贾雨村心中惭恨，脸上却是嬉笑自若，把家事交代完毕，便担风袖月，游览天下胜迹去了。

在扬州，疲惫又困窘的他暂时止住脚步，应聘到巡盐御史林如海家中，给他女儿黛玉当家教。有天他偶尔到郊外闲游，遇上了旧相识冷子兴。资讯不发达的年代，人们通过口口相传获取信息，贾雨村问冷子兴都中可有新闻？冷子兴给他演说起荣国府。

其中提到贾宝玉。冷子兴评价极低，说他抓周时居然只抓些脂粉钗环，连他爹都认定这货将来必是酒色之徒。长到七八岁时，宝玉口出妄言，说："女儿是水作的骨肉，男人是泥作的骨肉。我见了女儿，我便清爽；见了男子，便觉浊臭逼人。"冷子兴说，"你道好笑不好笑？将来色鬼无疑了。"

贾雨村没有笑，反倒罕然厉声说，那是他爹也不懂他。"若非多读书识事，加以致知格物之功，悟道参玄之力，不能知也。"

冷子兴被他吓住了，且听贾雨村进一步阐述，说天地生人，有大仁与大恶两种，大仁就是尧、舜、禹、孔子、孟子他们，大恶跟他们相反，像桀纣、秦桧、安禄山等等。

余者大多平庸，却也有一类，身兼正邪二气，"其聪俊灵秀之气，则在万万人之上；其乖僻邪谬不近人情之态，又在万万人之下。若生于公侯富贵之家，则为情痴情种；若生于诗书清贫之族，则为逸士高人；纵再偶生于薄祚寒门，断不能为走卒健仆，甘遭庸人驱制驾驭，必为奇优名娼……"他举出了陶潜、刘伶、阮籍、秦观、薛涛、卓文君等人物。

我可以再给他补充一些，比如王尔德、拜伦、波德莱尔、毛姆等等，都不是揖让进退的正人君子，也不是作奸犯科的邪恶之辈，正因身兼正邪二气，才能写出复杂的人性。贾宝玉同样有着天真与顽劣的两面,很多正经人因此对他横挑鼻子竖挑眼,但是,曹公就是塑造了这么一个有血有肉的鲜活人物。

【二】

偏偏是贾雨村能够解读贾宝玉。古典小说里,罕有贾雨村这种复杂的人物。他钻营、势利、冷酷、巧取豪夺、忘恩负义,但同时,他又情商智商双高,目光通透,见识不凡,如果需要找一个词来概括他,那就是"精致的利己主义者"。

《红楼梦》里不乏精致的人,比如"神仙一般人品"的甄士隐,比如贾宝玉以及大观园里那些天真明媚的女孩子,乃至于尤三姐,在我看来,都是精致的。所谓精致,不是吟风弄月,而是活出了自己的一种境界。

《红楼梦》里也不乏利己之人,比如贾赦、贾珍,还有自称不信阴司报应的王熙凤,大部分时候也是利己的。

这两拨人遇着了,说说闲话还可以,再深入一点,就很难投机了,只有一个贾雨村,能够穿梭于两者之间,游刃有余,转换自如。

没错,我前面是说了,贾宝玉不待见他,那是因为贾雨村都是在贾政面前跟宝玉见面,他没法同时讨好这父子俩。如果他能够跟宝玉一对一地聊上一回,焉知宝玉不会被他忽悠得蒙圈?跟宝玉同样淡泊功名的甄士隐,不就对贾雨村高看一眼。

还有出身于书香世家，本人曾经考中探花的林黛玉之父林如海，也对贾雨村礼遇有加，帮他给贾政写推荐信不说，还对贾雨村说："二内兄为人谦恭厚道，大有祖父遗风，非膏粱轻薄仕宦之流，故弟方致书烦托。否则不但有污尊兄之清操，即弟不屑为矣。"

办事就是办事，谈什么"清操"？我只能猜想，是否贾雨村平时在他面前表现得太有节操了，以至于他明明是帮助贾雨村，也还是小心翼翼？

想想也是，以黛玉之超凡脱俗，聪慧敏感，若贾雨村显得太接地气，在她家里也混不下去。在林家当老师的贾雨村，应是另一副面孔，这副面孔，可以和他谈论贾宝玉时的衔接上。

就像他有能力懂得贾宝玉一样，他也有能力懂得并呼应甄士隐、林如海乃至于贾政的情怀，像贾雨村这类人，就是能够在精致的情怀与赤裸裸的利己之间自由转换。

【三】

现实中也有这类人物。

早年曾在一高端刊物上频见某学者的名字，善于提出新名词，年纪轻轻就在学术界有了一席之地。数年之后，只见他涉足的领域更广，一会儿参加地产商的研讨会，一会儿点（chuī）评（pěng）某影视大佬的新片，这两年越发与时俱进，跟青年才俊打得火热。

正当我以为已掌握了此人的套路，忽又看他写了一篇貌似格调很高的学术文章,倒让我对着报纸发了一阵呆——您老戏码这么多,我真的适应不过来啊。

又曾见有人私下里针砭时弊,入木三分,让人膜拜之余,还替他担起心来,您都看得这么透彻了,还怎么跟人合作?一转脸,换个场合再见他,发现我又瞎操心了。在大人物前面,人家谦恭得紧,肩背微耸,笑容和煦,连西装上的纹路,都是那么合乎分寸。

局外人常常会把这类人给妖魔化,以为他们内心一定很分裂、很痛苦,事实上,见多了这类人之后,才知道,他们最擅长的,就是随时切换多种语码。

他们以犀利透彻,来享受智商的快乐,以俯首帖耳,赚取现实的利益,两边的便宜都占着,什么好处都不落下,规则也好,情怀也罢,都不过是为他们所用而已。

我曾经以为黑化之后的贾雨村,成了他年轻时最讨厌的那类人,但是,焉知当贾雨村在官场上已经游刃有余,以拖欠官银为由把石呆子抓进大牢之后,对着没收的石呆子那些扇骨为"湘妃、棕竹、麋鹿、玉竹",扇面皆是古人写画真迹的扇子,不会感慨艺术之美与石呆子的痴呢?

只要贾雨村愿意,他也依然能够跟人谈情怀、谈境界,未必全然是讨好的手段,他同时也以此自娱。毕竟,如他自己所言,他曾经格物致知,悟道参玄,他是有精神追求的。只是,这是一个追求,却非一个信仰,是一个精神游戏,并非他安身立命之所。一旦利益在前面招手,他就会忙不迭地趋奉而去,所以贾赦与贾珍也很喜欢他。

只要一个人什么都不信，切换起来就可以这么流畅。

还有一种精致更加登峰造极，只用一副面孔就能左右逢源。他们往往以愤世嫉俗著称，因此振臂一呼，应者云集。实际上他们是外松内紧的，那些看似呛口的发声，都只触及表皮，只会增加他们的存在感，而不会真的激怒什么人——小声说，很多大师都是如此，他们擅长让普罗大众热泪盈眶，反正后者永远也没机会知道怒发冲冠的他们，活得有多滋润。

只有跟这些人直接交过手的人，才能了解他们的本质。比如吃过贾雨村的亏的贾琏，和老于世故的管家林之孝，就能无视贾雨村所谓"清操"，将他彻底看穿。

但看穿又怎样，你拿他们没办法，他们占领了每一个制高点，知晓每一种套路。千万别跟他们谈良知，他们能比你谈得更深入，也别跟他们玩手腕，他们能比你更没底线。他们见招拆招，见佛灭佛，早已活成了精。

作为一个悲观主义者，我想，面对他们的唯一方式，大概只有冷眼旁观，如果你连这点兴趣也没有，可以稍稍躲得远一点。

薛宝钗说凛冬将至，你却说她勾引男人

王夫人抄检大观园之后，大观园里一片萧条，对此黛玉没做任何表态，宝玉的态度是认了，最让人民群众不满的是薛宝钗，她对王夫人说："据我看，园里这一项费用也竟可以免的，说不得当日的话。姨娘深知我家的，难道我们家当日也是这样冷落不成。"

听她这意思，倒是建议把大观园关了。有人认为这是一石三鸟：关掉大观园，宝玉、黛玉住回到贾母、王夫人等人身边，在长辈们的监视之下，他们无法有更进一步发展；二则，还显得宝钗特别会为荣国府打算，讨了王夫人喜欢，增强了宝二奶奶候选人的竞争力；第三，她作势离开，其实是以退为进，引宝玉记挂，copy 了紫鹃试探宝玉的那一招。

这也许是最可悲的误解，你跟 TA 说凛冬将至，TA 说你是勾引男人。宝钗的建议虽残酷，但现实，到了八十回后期，大观园其实已经是非关不可，只是众人皆没有勇气面对和决断而已。

【一】

当初元春加封贤德妃，全家上下喜气洋洋，忽而又传来消息，说太上皇和皇太后以人为本，"大开方便之恩，特降谕诸椒房贵戚，除二六日入宫之恩外，凡有重宇别院之家，可以驻跸关防之处，不妨启请内廷鸾舆入其私第，庶可略尽骨肉私情、天伦中之至性。"

直白点说，就是嫔妃娘家房子够大，可以做好安保工作的，可以把闺女接回家吃个饭。消息一传出，嫔妃们的娘家人，兴奋值都爆表了。

周贵人的父亲在家里动了土，吴贵妃的父亲，去城外踏看土地，元妃的娘家荣国府的地皮是现成的，"从东边一带，借着东府里花园起，转至北边，一共丈量准了，三里半大"，规模不小。

规模之外，更讲究风格，后来我们知道了，这个大观园，略带混搭，绮丽的怡红院，素朴的蘅芜苑，清幽的潇湘馆，还有被贾宝玉评价为"穿凿扭捏"的走乡土风的稻香村等等。

风格是装点出的，要栽花种树，要养鹿啊鹤啊这些萌物，还得有小尼姑、小戏子等等，方显得花团锦簇又不失格调。这些开支不小，单是采买小戏子及置办乐器行头这一项，荣国府就从存在江南甄家的五万两银子里支取了三万两，凤姐说了，剩下那两万两，置办花烛彩灯并各色帘栊幔帐使用。

看多了数目字，我们难免麻木，可与后文做个对比，第七十二回,两三千两银子的花销就把贾琏给难住了,跟鸳鸯商量着,要把贾母的家底偷出去当掉,应眼下的急。三百两银子,能把王夫人急上两个月,也是拿了家里的"铜锡家伙"当掉,"才把太太遮羞礼儿搪过去了"。而当初,三五万两眼睛不眨就花出去了。

当然,这里面是有猫腻的。贾琏知道这里面"大有藏掖",却也无意于进行审核或是招标,反正是"公家的钱",他懒得心疼,再说贾蔷是个懂事的,都说了帮他带东西了。

到了省亲时,样样妥当,元春都叹息"奢华靡费",不过贾赦贾政们,大概不会觉得这是批评。不让元春感到"奢华靡费",都不算搞到位。

元春一晚归宁,前后几个小时,走时留下话:"倘明岁天恩仍许归省……"似乎省亲并不是常例。但大观园要维持下去,万一明年又要来一回呢?再说这都建好了,又不能拆掉。

所以花还得栽,树还得种,小尼姑、小和尚、小戏子不能遣散,荣国府为此支付了庞大的开支。

书中写三房老四贾芹领了管理小和尚、小道士的差事,马上鸟枪换炮地抖了起来,"骑着大叫驴,带着五辆车",神气十足。

又有"后廊上"的贾芸,得了种树的差使,"看那批上银数批了二百两,心中喜不自禁",若是不能从中雁过拔毛,哪里会这么高兴?

还有刚才我们提到的贾蔷,他后来负责管理小戏子,花一两八钱银子给龄官买个会衔旗串戏台的鸟雀,龄官一个不高兴,他就把那鸟给放了,是真爱,也是真不缺钱。

这园子里花也栽了,树也种了,空着似乎也不大好。元春特地从宫中传话出来,叫宝玉、黛玉、探春、李纨等人住进去。"每一处添两个老嬷嬷,四个丫头,除各人奶娘亲随丫鬟不算外,另有专管收拾打扫的。至二十二日,一齐进去,登时园内花招绣带,柳拂香风,不似前番那等寂寞了。"

添了这么多人,难怪宝玉屋里丫鬟多得他都认不得。

【二】

可以说,自打元春省亲的消息出来,荣国府就花钱如流水,花得心安理得,花得毫无后顾之忧,倒是宁国府那位不着调的贾珍,偶尔闲下来,会替荣国府算算账。

五十三回,腊月底,他对前来交租子的庄头乌进孝说:"我这边都可,已没有什么外项大事,不过是一年的费用。我受用些,就费些;我受委屈就省些。……比不得那府里,这几年添了许多花钱的事,一定不可免是要花的,却又不添些银子产业。这一二年倒赔了许多。"

乌进孝就不明白了:这钱都是花在娘娘身上,万岁岂有不赏的?

贾蓉解释给他听:"娘娘难道把皇上的库给了我们不成!他心里纵有这心,他也不能作主,岂有不赏之理,按时到节不过是些彩缎古董顽意儿。纵赏银子，不过一百两金子，才值了一千两银子，够一年的什么？这二年那一年不多赔出几千银子来！头一年省亲连盖花园子，你算算那一注共花了多少，就知道了。再两年再一回省亲，只怕就精穷了。"

估计乌进孝更糊涂了，家里出了个妃子，还是个折本买卖？

从前八十回里看，荣国府确实没占到什么便宜，宫里赏赐的都是些中看不中用的东西，贾政一度外放为官，未必与元春有关不说，也不像是肥差，否则荣国府后来也不会连个像样的人参都找不到，吃饭都是"可着头做帽子"，来个客人都尴尬。所有人都说，现在不比当初了。并且，回来也没有怎么升官。

那为什么还能从上到下那么高兴，花钱那么不眨眼呢？这里面有不得已，也有自以为的战略性考虑。

不得已是挡不住天降大任于斯人。就像贾政在省亲宴上跪言："臣，草莽寒门，鸠群鸦属之中，岂意得征凤鸾之瑞。今贵人上锡天恩，下昭祖德，此皆山川日月之精奇、祖宗之远德钟于一人，幸及政夫妇……"

闺女能去侍候皇上，这太光荣了。什么四大家族，什么国公爷大将军，在皇帝面前，就是奴才。闺女进入皇家，就是半个主子，倾家荡产也得做好接待工作。

这是从明面上说，另外，还有不好说的。贾家也要借此彰显实力。

民间女子嫁人，在婆家的地位都和娘家的实力有关，当然，皇帝面前没法谈实力，但对于元春，婆家不只是有皇帝、皇太后和太上皇，还有其他嫔妃，乃至于宫女、太监等等。别以为妃子是主子，太监、宫女是奴才，主子和主子也是有差别的，奴才未必就一定买主子的账。

元春被加封为贤德妃，未必就受宠，有时也是按资排辈平衡的结果。就算她开始能讨皇帝欢心，到了后期，也不行了。七十二回，有个夏太监叫小太监来找贾琏借二百两银子，说是看中了一处房子，"夏爷爷还说了，上两回还有一千二百两银子没送来，等今年年底下，自然一齐都送过来。"

这位"夏爷爷"明显把荣国府当成提款机了，利息自然不提，这还款日期怕也是一句空话。

还不只这一位，贾琏说："昨儿周太监来，张口一千两。我略应慢了些，他就不自在。将来得罪人之处不少。这会子再发个三二百万的财就好了。"

后宫粉黛三千，品级不能决定地位，想当初武则天不过是个昭仪，皇后都对她笼络有加。不受宠的妃子，只能花钱买体面。

那些太监们敢到荣国府敲竹杠，足以说明元春处境尴尬。害得王熙凤做梦都梦见小太监打着元妃的名义来跟她要一百匹锦。王熙凤说："我问他是那一位娘娘，他说的又不是咱们家的娘娘。我就不肯给他，他就上来夺。正夺着，就醒了。"

王熙凤的心腹旺儿家的笑道："这是奶奶的日间操心，常应候宫里的事。"

元春混得好,家里人要热烈欢迎,元春混得不好,家里人就更不能掉链子。

【三】

照这样说,荣国府花这么多钱,完全出于为皇室为元春的奉献精神?倒也不尽然,他们也有自己的战略考虑。

当初元春即将省亲的消息一出,全家上下一团高兴,贾琏的奶妈赵嬷嬷说起当年几大家族接驾的盛况,"凭是世上所有的,没有不是堆山塞海的"。

王熙凤本能地说:"他家怎么就这么富贵呢?"赵嬷嬷说:"告诉奶奶一句话,也不过是拿着皇帝家的银子往皇帝身上使罢了!谁家有那些钱买这个虚热闹去?"

赵嬷嬷的口气,好像深知底细。但是,花出去的钱,怎么从皇帝那里拿回来呢?她没说,可能她也不知道,甚至于那些兴高采烈喜气洋洋的主子们也不知道。人们常常想当然地以为,搭上当权者,就能以小博大,以为那个受用了的上层,就能和自己怀有默契,没准哪天龙颜大悦,扔个馅饼砸中自己。

上面提到的贾琏那句"这会子再发个三二百万的财就好了",如果一定有所指,我觉得可能就是这样一种模模糊糊的愿望。虽然有人说,这句话暗示了他曾经在料理林如海遗产的过程中,替荣国府侵吞了黛玉的那"三二百万"。

【四】

这种说法流传已久，都说黛玉是有钱的，她爹给她留了三二百万，都被荣国府侵吞了，原本答应让宝玉和她结亲，后来也食言了。

证据有两点，一是贾琏说"再发个三二百万的财"，他都说"再"了，那么上次发三二百万的财，就是料理林如海丧事那回吧。

二是林如海原本是巡盐御史，一听就是肥差，曹公是不是在暗示什么？

谁说巡盐御史就很有钱？曹寅做过两任织造，当过四次巡盐御史，曹家最后却以还不上亏空获罪。一度曹寅和大舅子李煦轮视巡盐，据说这位李煦，就是林黛玉原型李香玉的祖父，到底是不是另说，这位巡盐御史也没钱。

康熙五十五年，还在任上的李煦给他三弟写信，说："所寄百金，知已收到。我原应允岁底再措些须，已经于数日前写谕在京家人，再打算一百两送三弟度岁之需……"

给家人寄区区百金，一位巡盐御史还要郑重其事地写进家书里，未免太寒酸。

究其原因，乃是巡盐御史这个职务是很赚钱没错，按照李煦给皇帝上的密折里的说法，一年差不多有五十多万两的剩余，但皇帝叫他们当巡盐御史，不是给他们赚钱的，而是让他们赔上做织造的钱。

织造为什么会赔钱，因为这织造署名义上是为皇室督造和采办绸缎的衙门，实际上还担任采集情报为皇帝南巡做好服务等各项工作，所以康熙六次下江南，四次由曹家接驾。在当时，这的确是莫大的荣宠，但对于当事人，亦有些难以为外人道的苦衷。

康熙朝曾有大臣上疏，批评康熙南巡过于扰民，康熙辩驳说曾"明白降旨"："南省诸物，丝毫无侵，官不宿民房，食物皆由光禄寺买给"，意思他不想骚扰地方，接着又说他当时也觉得行宫过于华丽了，认为自己来南方是视察民生，只驻跸二三月，不必这样靡费。"时三织造奏曰：我等乃皇帝家奴，我三处公同备办。"

这意思就是，康熙大帝南巡时根本不想花地方上的钱，包括曹寅在内的三织造答应他们来想辙。他们一度想要地方捐备一部分，康熙都很不高兴呢。可这钱从哪里来？就要巡盐来赔上啊。

曹寅的儿子曹颙给皇帝的奏折里算过这么一笔账：

"今李煦代任盐差已满，计所得馀银共五十八万六千两，所有织造各项钱粮及代商完欠，李煦与奴才眼同俱已解补清完。共五十四万九千六百馀两。谨特完过数目，恭呈御览，尚馀银三万六千馀两，奴才谨收贮。"

这不是还赚了三万六千两吗？但回去想想，又上了个折子，写道："奴才年幼，并无一日效力犬马，乃沐万岁天高地厚洪恩，一至于斯，杀身难报。将此所得馀银，恭进主子，添备养马之需，或备赏人之用。"还是送给康熙花了。

点了盐政并不意味着一定有钱，还不一定够赔做织造的钱呢，而清代做织造年头最长的，就是这位李煦了，足足做了三十年，所以他虽然几度巡盐，最终还是因为填不上亏空而被降罪。

不能说林黛玉一定就是李香玉，只是林如海若有一笔巨款留给女儿，却让她以为自己"一无所有"，对贾府奢华大感震慑，并且任由贾府摆布，就这智商即便其他巡盐御史能赚得盆满钵满，他估计也趁不了几个钱。

贾琏的那句话如果一定要落到实处，指的恐怕就是对"上面"回报的某种期待。皇帝的钱库不会搬给他们，但皇帝还握有公权力，保不齐什么时候皇帝心情"再"一好，多让他们巡几次盐而不做什么织造，那真是拔根汗毛比他们的大腿还粗呢。

当然，我还是认为，那句话里的"再"，更多是表达假设，就像我们说"你再不怎样怎样"，口头表达有太多随意性，不用看得太实。

不管贾琏到底啥意思，反正到后来大家都落空了。天威难测，臣子和皇帝之间，是信息不对等的，臣子在皇帝面前，就是弱势群体，得与失，都只在庄家的一念之间，庄家的心思，哪能由你乱猜。

煊煊赫赫的四大家族正日薄西山，正在被时代抛弃。江山代有才人出，讨气，是他们注定的命运。

【五】

对此，认知最为清醒的竟然是秦可卿，她早在临死前就给王熙凤托梦，告知眼下繁华必不久长，提出两点建议：一是在祖茔附近多置田庄房舍地亩，以备祭祀供给之费皆出自此处；二是将家塾亦设于此，"便是有了罪，凡物可入官，这祭祀产业连官也不入的。便败落下来，子孙回家读书务农，也有个退步，祭祀又可永继。"

这是一套转型方案。贾家气数已尽，且又后继乏人，不如随遇而安，向小康之家乃至耕读之家转型，要想转得更加顺当，需要把部分财产合理转移。

可是那时的王熙凤怎么听得进去？眼前正是鲜花着锦、烈火烹油，一片大好不是小好，生活像一膛烧得红彤彤暖洋洋的灶火，让她弃了这热灶，去烧冷灶，这不但需要克服自身惯性，也要想办法让别人不把她看成神经病。

然而，这膛灶火飞快地冷了下来，看前八十回之后几回，真是屋漏偏逢连夜雨，哪儿哪儿都缺钱。

曾经随随便便就给了刘姥姥一百两银子的王夫人，居然靠卖掉铜锡家伙，凑了三百两银子给贾母祝寿；王熙凤自己，也将一个自鸣钟卖了五百六十两银子，才将纷至沓来的开支应付过去；老太太那些压箱底的宝贝，被贾琏拿出去当掉，连林黛玉都担心入不敷出……

到了放弃痴心妄想的时候了,临时替生病的王熙凤代班的贾探春迈出改革第一步。

历来凤姐协理宁国府被视为管理者的教科书,其实凤姐那一套适合盛世,讲究个纪律严明。当末世气象呈现,抓纪律已经于事无补,探春更着眼于体制改革。

探春是有准备之人,之前贾母的陪房赖嬷嬷的孙子当了官,大宴宾客,贾宝玉只顾得跟他那些狐朋狗友们厮混,探春却当成调研机会,跟赖家女儿打听当家理财那些事儿。她发现"那么个园子,除他们带的花、吃的笋菜鱼虾之外,一年还有人包了去,年终足有二百两银子剩。从那日我才知道,一个破荷叶,一根枯草根子,都是值钱的"。

大观园比赖家的花园大得多,应该产出更多效益。她召来老婆子,把大观园各处承包了出去。听上去是办了件大好事,但宝钗也指出凤姐不能如此这般的缘故:"若果真交与人弄钱去,那人自然是一枝花也不许掐,一个果子也不许动了,姑娘们分中自然不敢,天天与小姑娘们就吵不清。"

果然被她言中,柳叶渚边嗔莺咤燕,皆是因为老婆子们把自己那一亩三分地看得要紧,"比得了永远基业还利害",见不得别人动她的一花一草。虽然最终被宝玉、麝月等人弹压住了,大观园却也终究不再是一个"自由而无用"的所在。

但即便如此,宝玉、黛玉对于探春发起的改革,仍然是赞成的。

75

宝玉对黛玉说："你不知道呢。你病着时,他干了好几件事。这园子也分了人管,如今多掐一草也不能了。"黛玉则说："要这样才好,咱们家里也太花费了。我虽不管事,心里每常闲了,替你们一算计,出的多进的少,如今若不省俭,必致后手不接。"——幸好是黛玉这么说,换成宝钗,真是要把觊觎宝二奶奶宝座的罪名坐实了。

宝玉笑道："凭他怎么后手不接,也短不了咱们两个人的。"黛玉听了这不负责任的话,简直懒得理他,转身就往厅上寻宝钗说笑去了。

黛玉虽然没有亲力亲为地推进大观园体制改革,也算一个呐喊者。

【六】

这里或许可以看到曹公内心矛盾之处。他热爱大观园,书中说宝玉"自进花园以来,心满意足,再无别项可生贪求之心"。在这里,宝玉得以脱离长辈监督,"每日只和姊妹丫头们一处,或读书,或写字,或弹琴下棋,作画吟诗,以至描鸾刺凤,斗草簪花,低吟悄唱,拆字猜枚,无所不至……"

书中没有直接说黛玉对大观园的热爱,但她担心园中花朵离开这干净之地,到了外面,人家脏的臭的混倒,仍旧把花糟蹋了,她要把花葬在大观园的角落里,"随土化了,岂不干净"。这说的是花，何尝不是她自己。

在大观园的风晨雨夕里，宝玉和黛玉耳鬓厮磨、心神相通，如若没有这样一个大观园，宝玉和黛玉的爱情、梦想以及对人生的诗意理解和设置皆无所附着，宝黛依然会相爱，但他们爱的篇章，多少总会少几分神采。

但是，大观园的另一面，是铺张浪费，是对于权力的卑微攀附和各种权力寻租，不觉中销蚀了荣国府的经济基础。

探春式的承包，将大观园由生活场所变成生产场所，这是第一步，还不彻底，早就洞察了下坠命运的宝钗说，"园里这一项费用也竟可以免的"，是要将不相干的人全部迁出，让大观园物尽其用，到那时，宝玉又是怎样的感受？

世间事总是这样，美者不信，信者不美，就像贾瑞手中的风月宝鉴，美人是幻象，骷髅才是真相，现实何止骨感，近乎嶙峋。有现实感的事情总是令人不快，比如出大观园，还比如宝钗劝宝玉读书。

书中将袭人和湘云的劝学写得很具体。袭人要宝玉做做读书的样子，不要把厌学表现得太明显，惹来麻烦。湘云是劝他会会这些为官做宰的人们，谈谈讲讲些仕途经济的学问，也好将来应酬世务。

宝钗怎么劝宝玉读书的呢？书里并没有说得具体，从宝钗居处如雪洞一般、衣着总是半新不旧，也不戴什么富贵闲饰看，她并不是看不破名利的人，劝宝玉读书，也许只因这是一条低投入、高回报、经济环保的可发展之路。

书中有暗示,李纨最后"老来富贵也真侥幸",她靠着儿子贾兰,逃过与家族共同下坠的命运。贾兰正是靠读书改变命运。秦可卿给王熙凤托梦时,不也是让她办好私塾吗?即便不能靠读书发达,也能心有所系,制造些许间隔,对抗残酷现实。

宝钗所言所行,都不过是为了能好整以暇地迎接即将到来的冬天。

谁不想"自由而无用"地生活,谁不想做个无所事事的游吟诗人,宝玉所执着的一切虽然很美,却消耗巨大。出大观园,是他成长中必须付出的代价。

《红楼梦》一开篇,即写道:"今风尘碌碌,一事无成,忽念及当日所有之女子,一一细考较去,觉其行止见识,皆出于我之上。何我堂堂须眉,诚不若彼裙钗哉?"

"行止见识",是这些女子让曹公最有感触之处。他写下这句话时,心中应该飘过了宝钗的影子。然而,活在生活的泥潭里,即便有钗裙一二可齐家,终究会被现实所阻挡,王夫人并没有立即听从宝钗的建议。当然,这是另一个话题了。

薛宝钗与无知之幕

每个红楼爱好者，大抵都要过"拥林"还是"拥薛"这一关。当年我算是"拥林"派，对于宝姐姐倒没有那么多阴谋论，只是觉得不管是做朋友还是做恋人，若是要在宝姐姐和林妹妹里二选一，当然是林妹妹。

黛玉确实是尖刻任性了一点，但跟这样的人做朋友，能够感觉到她的真心，另外，不那么正确地说，也会有一种"被选中"的成就感。

这种成就感不完全是虚荣，人活世间，难免孤独，若是被一个挺各色挺不好说话的人"筛选"出来，电光火石间，是会有相知的喜悦的，于是，也就不那么孤独了。

宝姐姐呢，太平衡，太妥帖，太井然有序，即使她予你以善意，也不会让人有成就感。你知道，她帮你，只是她想做个"撒向人间都是爱"的人，跟你没啥关系，哪怕你不是像现在这样可爱，而是鬼憎神厌，都不能影响她对你的态度。

我们不妨试举一例，宝钗的哥哥薛蟠从苏州回来，给她带了很多苏州的小玩意，宝钗生活简淡，加上为人慷慨，就把这些小玩意，当成手信分送给荣国府的人。别人如何回应不得而知，书中刻画了两个人的反应，一个是林黛玉，一个是赵姨娘。

林黛玉仍是一贯的多愁善感，见到家乡风物，引起身世之伤，抹起眼泪来。

宝玉为哄她开心，先是调侃是不是宝钗送的东西太少，答应明年叫人去南方给她多带些来，黛玉说"我任凭怎么没见世面，也到不了这步田地"。

宝玉建议去宝钗那里答谢一下，黛玉说："自家姊妹，这倒不必。"这说明她对于宝钗，已经是不设防的完全接受，不必拘泥于俗礼；另一方面，也说明黛玉看重的不是东西，牵引她情思的，是附着于礼物上的各种滋味。

相形之下，赵姨娘的反应就太粗鄙，先是甚是喜欢，想道："怨不得别人都说那宝丫头好，会做人，很大方，如今看起来果然不错。他哥哥能带了多少东西来，他挨门儿送到，并不遗漏一处，也不露出谁薄谁厚，连我们这样没时运的，他都想到了。若是那林丫头，他把我们娘儿们正眼也不瞧，那里还肯送我们东西？"

又记起宝钗是王夫人的亲戚，要到王夫人跟前卖个好儿，"蝎蝎螫螫"地拿着东西到王夫人面前去夸奖宝钗。王夫人哪里看得上这一套，爱理不理的，让赵姨娘狠狠地郁闷了一把。

王夫人和赵姨娘的这段对手戏太富有个人风格了，同时宝钗如此周全，真真当得起"无情"二字——这里的无情不是个贬义词，而是没好恶没态度，说不上什么错。但是清代的张岱说了，"人无癖不可与交，以其无深情也；人无疵不可与交，以其无真气也"。癖好就是一种选择，像宝钗这样无选择故无深情，自然是不可深交了。

年轻时就是这样，特别迷恋偏激的、斩钉截铁的说法，许多年后回头再看，这很难说不是偏见。这偏见，不是因为我们不懂宝钗，而是不懂世事。

在《红楼梦》里，赵姨娘的确是特别招人烦的一个人，不过，她地位低下，处处受限，无法做得大恶，干的唯一的坏事，是偷摸着给凤姐和宝玉扎个小人。在极为写实的前八十回里，跟贾珍的爬灰开赌场、凤姐的收人家钱做不法之事比，这神神鬼鬼的一套很违和很超现实。

我无法不猜测，这是因为作者要写赵姨娘阴损恶毒，又没法让她跳出自身处境，只能技穷地想象她背地里扎小人——忽然想想过去的皇帝想要废后，常常也说她们勾结巫蛊，里边未必没有隐情。

不管这个扎小人有没有效果吧，反正除了马道婆，其他人不知道。赵姨娘讨人厌，主要是因为贪婪又粗鄙，心眼不平和，一言以蔽之，气质不好。但是，对于气质不好的人，我们就应该坚壁清野、鄙夷有加吗？赵姨娘天生就是这样气质，不好吗？

美国当代著名伦理学家、政治哲学家约翰·罗尔斯认为，成为什么样的人，会受到阶级地位、社会出身、先天的资质、能力、智力、体力等个人无能为力的因素的影响，要想做到公平，就应该在"原初状态"里思考问题。他提出"无知之幕"的假设：

"没有一个人知道自己在社会中的地位，无论是经济地位还是社会出身，也没有人知道自己在先天的知识能力与智力、体力等方面的运气，我甚至假定各方并不知道他们特定的善的观点，或他们特殊的心理倾向。正义的原则，是在这种无知之幕后被选择的，这可以保证任何人在原则的选择中，都不会因为自然的机遇或社会环境中偶然因素得益或受害。由于所有人的处境都是相似的，无人能够设计有利于他的特殊情况的原则，正义的原则是一种公平的协议或契约的结果。"

似乎抽象了点，具体地说，就是只有当无知之幕遮掉那些会让人产生偏见的东西，不管是经济地位，还是智力、体力，甚至善恶，谁也不知道自己和他人的处境时，建立的分配体系，才是公正的。大家一定会同意让弱者也受益，这样自己无论强弱，都有活路。

所以尤氏不加拣择，将赵姨娘和周姨娘一并称为"苦瓠子"，她自身的弱势处境，让她能够向弱者施以援手。强者却往往不会去想象这样一种无知之幕，恃强是愉快的，他们自以为是永远的强者，永远处于食物链的上方。然而，三十年河东转河西，旦夕祸福不测风云，明天的不可知，让我们每一个人实际上都处于无知之幕下。

宝钗的智慧就在于，在鲜花着锦、烈火烹油的热闹里，也能嗅到风雨将至的气息，她知道眼前这所有人的未来都不可知，你现在看到的，并非真相。

一旦浩劫到来，身份、地位、个性都被忽略不计，不是所有人都觉得林妹妹比赵姨娘更可爱，在阶层更替中，很难说谁就比谁更强，那么你会希望这个社会怎样分配包括尊重与善意在内的资源？当然是给弱者也留一份，那是每个人的后路，内心最深处的安全感之所在。

所以，没有个人偏好地公平对待所有人，不但是一种修养，还是一种社会理想，知行合一的宝钗，用一种政府般的理性处理各种关系，在她给黛玉送燕窝的那一回，黛玉说："东西事小，难得你多情如此。"宝钗的回复却是："这有什么放在口里的！只愁我人人跟前失于应候罢了。"

在黛玉看来，宝钗送燕窝是"多情"，宝钗却也叹息自己不能照顾到每一个人，换言之，照顾黛玉，不过是她希望照顾到所有人这么一个宏大梦想的一部分。康德说，只有不带任何个人偏好的善才有道德价值，极端一点就是，那种对任何人都不感兴趣的的善举，才是道德的。

"任是无情也动人"的宝钗抵达了这个高度，虽然她也曾身带热毒，却通过一枚枚冷香丸化解。她全身心地做好准备，只为将来面对磨难时，就可以更加心安理得，更有尊严。

这个高度却为大多数现代人不能企及，总把行善和听故事联系在一起，要听真善美，希望自己的眼泪有地方安放，一个好故事会引来八方资源。风险是，一旦这故事编不圆，就会遭到踩踏式的报复。

但是，故事好不好听，故事里的人是否可爱，和是否应该受到帮助，真的没有关系啊。扪心自问，若是你有天身处弱势，你能不能让听众满意？假如我们确知，援助与故事无关，只与需要有关，我们也许就可以更加踏实一点。

那么，像宝钗这样不加区别的善，就应该是被肯定和学习的。

善于分配的薛宝钗

【一】

让弱小者获得哪怕是有限的利益共享,能够让所有人都活得更加安全,《红楼梦》里,薛宝钗深谙这个道理。

《红楼梦》五十六回,凤姐身体欠佳,王夫人等又有各种烦冗之事,探春、宝钗、李纨被委以管家的重任。家里那些老婆子们原以为这三个人好搪塞,过了几件事,才发现比凤姐更难对付,暗中抱怨:"刚刚的倒了一个'巡海夜叉',又添了三个'镇山太岁'!"

她们三个配合得确实非常好,尤其是探春和宝钗,探春是冲在荣国府改革前沿的一员大将,她去赖大家串个门,也能发现花园里"一个破荷叶,一根枯草根子,都是值钱的",决定将大观园承包给家中的老婆子们栽种。

如此一来,荣国府有所收益,承包者亦有丰厚盈余,如何承包和分配,颇为考验执政者的智慧。

她们召来老婆子们,听取民意,不少人表现得非常踊跃,表示自己愿意干,能干。等这帮热情高涨的老婆子走了之后,探春问宝钗如何，宝钗笑答道："幸于始者怠于终，缮其辞者嗜其利。"探春听了，点头称赞。和大多数民意会一样，这也不过是走个过场。

探春她们拟定了几个人，都是比较稳妥或善于栽种的，唯在谁来承包利益最为丰厚的蘅芜苑和怡红院上发生分歧。

平儿推荐薛宝钗的丫鬟莺儿的母亲，她在弄香草上非常在行。宝钗反对，不想让自家人掺和到荣国府的经济事务里去。但她也想出了一个办法，莺儿的母亲和贾宝玉的小厮焙茗的母亲老叶妈极其要好，不如将这两处承包给老叶妈，她怎么外包是她的事了。

至于地租如何使用，宝钗也自有一番见解。首先，她建议和园子里的开销直接冲抵，避免账房的盘剥："谁领这一分的，他就揽一宗事去……有限的几宗事：不过是头油、胭粉、香、纸，每一位姑娘几个丫头，都是有定例的；再者，各处笤帚、撮簸、掸子，并大小禽鸟、鹿、兔吃的粮食。不过这几样。"

另外一部分，她提出可以分给没有分到土地的老婆子们："如今这园里几十个老妈妈们，若只给了这几个，那剩的也必抱怨不公……一年竟除这个之外，他每人不论有馀无馀，只叫他拿出若干贯钱来，大家凑齐，单散与园中这些妈妈们。他们虽不料理这些，却日夜也是在园中照看；当差之人，关门闭户，起早睡晚，大雨大雪，姑娘们出入，抬轿子，撑船，拉冰床，一应粗糙活计，都是他们的差使。一年在园里辛苦到头，这园内既有出息，也是分内该沾带些的。还有一句至小的话，越发说破了：你们只管了自己宽裕，不分与他们些，他们虽不敢明怨，心里却都不服，只用假公济私的多摘你们几个果子，多掐几枝花儿，你们有冤还没处诉。他们也沾带了些利息，你们有照顾不到的，他们就替你们照顾了。"

【二】

少年时开始看《红楼梦》，这段话不知看了多少遍，却是入眼不入心，直到不久前，才惊觉这段话的了不起，宝钗的了不起，当然更是曹公的了不起。

这段话，有两层意思：第一，那些没有承包到土地的老婆子，没有功劳也有苦劳，她们对大观园是有贡献的，不应该完全和这个红利无关；第二，如果你真的无视她们，将所有的利益都收归到自己囊中，她们也不是没有办法跟你对抗。

这两层意思，在今天仍然是有现实性的。

获得承包权的老婆子，享受到了改革红利，对于别人，就构成了某种不公平。

别人无缘无故地被边缘，资产无形中缩水，外界和自我评价降低，你可以说这是命，需要适应。但一个良性社会，应该能够通过某种调节机制，消减命运的作用力，缩小赢家与普通人之间的距离，让每一个人，而不是只先据要路津的那些人，活得更加稳定从容。

否则的话，正如宝钗所言，这个群体就会理所当然地生出怨气和戾气。这些老婆子原本不是坏人,只是普通人,只是当社会容许太多不公坦然地存在,深感委屈的她们,会理直气壮地以自己的方式讨一个公道。

不要小看弱者的力量,也不要以为成为赢家就可以横着走。

宝姐姐的见识,眼下许多人不能及,赢家与管理者的一体化,使得他们吃相更加难看。当正义缺席,道德装睡,如何能要求一被侮辱与损害的小人物独善其身?

抄检大观园背后

前阵子看见一则新闻,说某公司"花样裁员",要求员工二十四小时内自费从深圳赶往新疆某地报到,这当然很不容易办到,那么就算你是自动离职。用这种方式裁员,是因为老板"连一分钱的补偿都不想给"。

这个公司老板够鸡贼,然而这种花样裁员,不是他的发明。《红楼梦》里,也有人这么干过。

八十回红楼的后几回,荣国府已经四面漏风,乱哄哄的像个行将破产的公司,虽然架子还没倒,盛宴还在继续,但人人都知道已经入不敷出,再这样下去,肯定撑不住了。

当此际,探春将大观园承包给老婆子们,盈余有限,起码让大观园能够自收自支,从荣国府财政上分离出去。

宝钗看似温和,实则更为果决,在先行撤离大观园之后,她向王夫人提出"园里这一项费用也竟可以免的"。

她想省去的,是服务人员的费用。前文曾经提过,宝玉、黛玉、探春等公子小姐搬进大观园之后,"每一处添两个老嬷嬷、四个丫头,除各人奶娘亲随丫鬟不算外,另有专管收拾打扫的"。

这些人,说多也不算多,那么个大观园,人太少真的填不满。以往荣国府家大业大,养得起闲人,就像他们饲养鸟雀鹿兔之类,显得热闹体面,但是,到了需要将老太太的宝贝当掉过日子的程度,再养这么一堆人,就有点奢侈了。

听上去很悲凉,有秋风萧瑟、树倒猢狲散之感。可裁员对于荣国府上下,真是纯粹的坏事吗?也不尽然。管家林之孝跟贾琏分析形势时,明确地说,裁员对上对下都好。

他的原话是:"人口太重了。不如拣个空日回明老太太老爷,把这些出过力的老家人用不着的,开恩放几家出去。一则他们各有营运,二则家里一年也省些口粮月钱。"

你看,那些老家人并不是离了贾府就不能活,这也像大公司里,职工们各有各的能耐,各有各的路数,出去之后,是能够"各有营运"的。

不同的只是,这些老家人,没有人身自由,必须等上面的一句话。不过,我们现在的大公司员工,通常也不主动离开,奉献那么多年,怎么也得等上面出个政策,多多少少拿一笔遣散费不是?

老家人是这样,小丫鬟也是如此。

是有像袭人、晴雯这样不肯出去的,但是,柳家的所以一心想把闺女弄到怡红院当丫鬟,除了见这里人多活少,更因为闻得宝玉将来都要放她们的。春燕也曾对她娘说："宝玉常说，将来这屋里的人，无论家里外头的，一应我们这些人，他都要回太太全放出去，与本人父母自便呢。你只说这一件可好不好？"春燕娘当即念佛不绝。

无论是荣国府的经济状况，还是上下民意，裁员都是一件可行且必需的事儿，还是林之孝说："再者里头的姑娘也太多。俗语说，'一时比不得一时'，如今说不得先时的例了，少不得大家委屈些，该使八个的使六个，该使四个的使使两个……一年也可以省得许多月米月钱。况且里头的女孩子们一半都太大了，也该配人的配人。成了房，岂不又孳生出人来。"

这个怎么看都非常有道理的主意，却被贾琏拒绝了。他说："我也这样想着，只是老爷才回家来，多少大事未回，那里议到这个上头。前儿官媒拿了个庚帖来求亲，太太还说老爷才来家，每日欢天喜地的说骨肉完聚，忽然就提起这事，恐老爷又伤心，所以且不叫提这事。"

看似贾琏妄度王夫人的心思，但他的这个猜度是对的。王夫人真的是听不得裁人二字，贾政伤不伤心不知道，反正她自己先就很伤心了。

七十四回里，王夫人决定查抄大观园，王熙凤的态度暧昧。一方面她跟大观园里各位关系都不错，未必觉得晴雯是狐狸精；另外一方面，她觉得这是一个裁员的好机会，跟王夫人建议：

"如今他们的丫头也太多了，保不住人大心大，生事作耗，等闹出事来，反悔之不及。如今若无故裁革，不但姑娘们委屈烦恼，就连太太和我也过不去。不如趁此机会，以后凡年纪大些的，或有些咬牙难缠的，拿个错儿撵出去配了人。一则保得住没有别的事，二则也可省些用度。"

担心这些丫鬟"生事作耗"，只怕是顺着王夫人的话说，王夫人不拿着绣春囊来找她她都不见得想得到，第二个估计才是她心里盘算已久的——"省些用度"。但王夫人比王熙凤有底线，温和地驳了回去："你说的何尝不是，但从公细想来，你这几个姊妹也甚可怜了。也不用远比，只说如今你林妹妹的母亲，未出阁时，是何等的娇生惯养，是何等的金尊玉贵，那才像个千金小姐的体统。如今这几个姊妹，不过比人家的丫头略强些罢了。通共每人只有两三个丫头像个人样，馀者纵有四五个小丫头子，竟是庙里的小鬼。如今还要裁革了去，不但于我心不忍，只怕老太太未必就依。虽然艰难，难不至此。"

看到这段话，觉得王夫人也真不容易，承上启下是一种很糟糕的处境。

她的人生，一大半在盛世里，已经习惯繁华，将富贵视为常态。在她的意识里，千金小姐应该活得如豌豆公主，有人以"娇生惯养"四个字，指王夫人对黛玉她妈有芥蒂，可王夫人这话的原意，明明是一个千金小姐就该那样生活。

所以，这七八个小丫头，在王夫人看来已经够寒碜的了，她说："我虽没受过大荣华富贵，比你们是强的。如今我宁可省些，别委屈了他们。以后要省俭先从我来倒使的。"

看上去很是高风亮节，但相对于贾府里的巨额开销，王夫人省的那点有什么用？最关键的是，她真的没听王熙凤的吗？接下来不是照样将晴雯、芳官、四儿一干人等拿了个错儿，撵了出去。

就算她心里认定晴雯是个狐狸精，四儿有过不当言行，芳官又做过什么？最多也就是叫宝玉要柳五儿，这罪过申斥一下足矣，用得着撵出去吗？王夫人真是口嫌身正。

至于关掉大观园，王夫人其实比宝钗更考虑在前面，她撵走晴雯、芳官、四儿等人时，叮嘱袭人、麝月："你们小心！往后再有一点分外之事，我一概不饶。因叫人查看了，今年不宜迁挪，暂且挨过今年，明年 并给我仍旧搬出去心净。"

这当然也是为了风化考虑，但是，两年前袭人就曾从风化角度出发，建议王夫人变个法子将宝玉弄出园子去，王夫人听的时候也如雷轰电掣一般，拉着袭人的手，直喊"我的儿"，但转脸就丢到了一边，并没打算把宝玉弄出去。到了这个时候，很难说不和荣国府捉襟见肘的经济状况有关。经济的下行，让原来过得去的事情统统过不去了。

按照林之孝的说法，贾府大大方方地裁人，下人未必不能接受。或是听从宝钗的建议，干脆地把宝玉等人从大观园撤出，也很简单。但王夫人没有这个勇气，她既害怕贾母责怪，又害怕贾政伤感。归根结底，是她本人不敢面对这局面，她恐惧而不自知，转向苛责下层，仿佛追究了他们的罪过自己就能解脱。

98

那么效果如何？经济问题虽然被掩盖掉了，但是太伤感情了。宝玉心里必然会永远留着这道伤痕。更关键的是，如若裁员是光明磊落的决策，就可以更系统地去考虑，放开手脚去做。比如说，和员工议定遣散费，也许当时一团糟，有所损失，但打开盖子，才是解决问题的终极方式。同时还可以着手其他相关事宜，比如即刻考虑将宝玉等人撤出大观园，而不是遥指明年。

不敢面对死地，就没有早死早托生的机会，在荣国府由豪门向中等人家转型的关键时刻，命运却被交付到一个缺乏勇气担当的人手中。

当然，比起贾赦、贾政他们，王夫人好歹还多了一点责任心。贾政虽然每每隐忧儿女的命运，却几乎没有为他们做过任何事，以"不惯俗务"的派头，掩盖他的无能与无措。

越是高贵者，心理负担越重。边缘群体如探春就没有这个心理包袱，薛宝钗也没有，这也许跟她的皇商背景有关。常见有人笑话宝钗出身不够清贵，殊不知，也许正是这出身，使得薛宝钗在行动上呈现一种资本主义的理性。大厦将倾之时，贾家需要的正是这种理性与务实，而不是困囿于情绪的汪洋大海里，做自欺欺人的鸵鸟。

探春的铁腕与钢铁意志

探春是宝玉同父异母的妹妹,她母亲是贾政的妾,那个一出场就出丑、一开口就讨人嫌的赵姨娘。

赵姨娘集反角与丑角于一身,不是被凤姐敲打,就是被王大人嫌弃,老太太一个不高兴,就叫着"娼妇"劈头盖脸地骂。探春让赵姨娘向周姨娘学习,后者安静、本分、极力压缩存在感,一个妾,想突出自己就是可耻的。

能够这样提醒母亲,说明探春对自己的处境也很清楚,即便理论上妾所生的子女,要归到嫡妻的名下,探春却深知,这不过是一个说法。王夫人所生的贾宝玉轻而易举获得的那一切,探春要自己去挣。

探春的付出,大致有两类。

首先是严格到不近人情地与母亲切割。

在公开场合,她装作跟赵姨娘没关系。赵姨娘的弟弟死了,要发放一笔丧葬费,这里有两个标准:姨娘本人是自家奴才生的,至亲死了，赏二十两银子；另一种姨娘是从外面买来的，至亲死了，赏四十两银子。赵姨娘属于前者。

当时探春受王夫人之托管理家务，她的铁面无私引起一些下人的不满，想看她笑话的人不少，便含含糊糊地替赵姨娘的弟弟报了四十两银子的丧葬费。哪想到探春立即眼明心亮地指出，赵姨娘是家生的，这丧葬银子只得二十两。

赵姨娘就不干了，哭哭啼啼跑来，抱怨探春不为她着想，还一口一个"你舅舅"，探春正色道："谁是我舅舅？我舅舅年下才升了九省检点，那里又跑出一个舅舅来？"

她所说的舅舅，是王夫人的弟弟王子腾，我都怀疑王子腾知不知道她长啥样，探春当然不是为了攀附，而是与赵姨娘切割开。

平日里，探春说起赵姨娘也多有不屑之词，比如有次赵姨娘抱怨探春不给同胞兄弟贾环做鞋、给贾宝玉做鞋时，探春鄙夷地说："我不过是闲着没事儿，作一双半双，爱给那个哥哥兄弟，随我的心。谁敢管我不成！这也是白气。"当着众人的面，也一口一个姨娘，语气里都是小姐的尊贵和距离感。

探春和赵姨娘之间无一丝亲情吗？当然不。有次赵姨娘去看黛玉，黛玉知道她是去看探春路过这里，做个顺水人情。从黛玉的"知道"，说明这娘俩平时并不少走动。

但探春也需要在某些时刻展现出不同寻常的胆识，才能让她名义上的母亲——贾政的嫡妻王夫人，不会因为对赵姨娘的反感而厌屋及乌。

所以，探春在某些特殊时刻，不惜铤而走险。比如那次，贾赦想纳贾母的贴身丫鬟鸳鸯为妾，贾母大怒，不分青红皂白连带着把王夫人也骂了一顿，王夫人心中委屈，却不敢辩解。平日里在贾母面前说得上话、撒得起娇的宝玉和凤姐也不敢言语，危急关头，只有探春挺身而出，笑着对贾母说："大伯子要收屋里的人，小婶子如何知道？便知道，也推不知道。"一句话点醒了贾母，赶忙向王夫人赔礼道歉。

探春的边缘处境，也使她比宝玉更能了解家中的真实状况，而具有改革的热望与冲劲，她知道该从哪些方面下手，不怕得罪人。她必须大刀阔斧，才能为自己杀出一条血路。

探春尽管严格地与自己的出身切割开，屡屡展示不同寻常的才干，依然难以避开与王夫人的碰撞。王夫人怀疑大观园里藏污纳垢，派凤姐等人抄检大观园，宝玉不敢表态，黛玉睡下了，只有探春带领一众丫鬟秉烛开门以待，并说出了掷地有声的一席话：

"我的东西倒许你们搜阅；要想搜我的丫头，这却不能。我原比众人歹毒，凡丫头所有的东西我都知道，都在我这里间收着，一针一线他们也没的收藏，要搜所以只来搜我。你们不依，只管去回太太，只说我违背了太太，该怎么处治，我去自领。你们别忙，自然连你们抄的日子有呢！你们今日早起不曾议论甄家，自己家里好好的抄家，果然今日真抄了。咱们也渐渐的来了。可知这样大族人家，若从外头杀来，一时是杀不死的，这是古人曾说的'百足之虫，死而不僵'，必须先从家里自杀自灭起来，才能一败涂地！"

关键时刻，探春对王夫人也敢呛声，她的小心翼翼也好，挺身而出也好，固然是为了站稳脚跟，但站稳脚跟不是为了获得宠爱，而是为了获得尊严和自我实现。这一点上，也注定了探春的难容于世。

从赵姨娘到七巧：被剥削的女儿们

【一】

《红楼梦》里的主要人物，个个被描画皴染得立体，唯有贾政之妾赵姨娘，一出场就出丑，一说话就招来暴击，以至于有读者怀疑是不是曹公父亲真有个小老婆，做过他无法原谅的事。否则，以曹公之大才，为何偏偏把这个人塑造得像个丑角？

个中恩怨已不得而知，我想说的是，曹公到底是一个有着写实良心的作家，再厌恶赵姨娘，还是给她留了个出口：她愚蠢、易怒、见识短浅，但她也有她的痴心与赤诚——对她的娘家。

第二十五回，赵姨娘和马道婆算计王熙凤，曾说："我白和你打个赌，明儿这一分家私要不都叫他搬送到娘家去，我也不是个人。"

这真是太没见识了。王熙凤在贾琏面前要强时就说："把我王家的地缝子扫一扫，就够你们过一辈子……把太太和我的嫁妆细看看，比一比你们的，那一样是配不上你们的。"这话是气话，也有点夸张，但她曾有巨额陪嫁应该是不错的。第六回里，贾蓉借的那个玻璃炕屏，就是王熙凤的陪嫁，她傲娇地笑嗔道："也没见你们，王家的东西都是好的不成？"

张爱玲曾说，北方的大户人家嫁女儿，嫁妆唯恐不丰厚，怕人家说卖女儿。她祖母那包括了土地、屋舍、珠宝的嫁妆，足以为证。从王熙凤到张爱玲的祖母，已经隔了好几个时代，但基本心理不会变。

《红楼梦》第五十五回里，王熙凤和平儿讨论财务问题，说到家里的少爷小姐们婚嫁的开销，贾环娶妻只有三千两预算，探春们嫁人倒是"满破着每人花上一万银子"，小姐们的嫁妆，比少爷娶亲花销还多。

这是震慑，也是讨好，恩威并施，让婆家人不敢轻举妄动。在那个时代里，有家底的父母，也只能以这种方式护佑嫁出去的女儿。迎春婚后被孙绍祖虐待，固然因为孙绍祖实在不是个东西，但如果不是迎春父亲贾赦曾跟孙绍祖借过五千两银子，他也不会这般有恃无恐。

至于迎春的嫁妆，凤姐说了"二姑娘是大老爷那边的，也不算"，意即这份钱贾赦那边出，想贾赦夫妇之悭吝，于儿女情分上之淡薄，也不会有多少。

王熙凤打小被家中当成男孩教养，寄予厚望，她的娘家不会让她受这种委屈，更不可能指望王熙凤从贾家弄钱回来。赵姨娘以自己之心，度王熙凤之腹，估计除了贴补娘家，她对别的花销也没有想象力。

赵姨娘对娘家忠心耿耿，不遗余力维护娘家的利益。前面我们提到，赵姨娘的弟弟赵国基去世后，正在当家的探春按照家中惯例，赏了二十两丧葬银子，赵姨娘气势汹汹地杀上门来，又哭又闹地大撒其泼，说袭人她妈去世都赏了四十两。

按说，四十两也罢，二十两也好，都归赵国基的老婆孩子，到不了赵姨娘口袋里，她又何必为争这个高低让自己的女儿难堪？这一回的回目就叫做"辱亲女愚妾争闲气"。

这一方面是赵姨娘愚蠢地认为自己被欺负了；另一方面，也是维护娘家利益的惯性使然。

她甚至梦想着探春出了阁之后额外照看赵家，气得探春"脸白气噎"。

赵姨娘强迫探春承认她以及她的娘家，让探春很受伤；探春咬牙切齿要与赵姨娘以及她娘家切割清楚，也让赵姨娘很火大。这是她们母女间不可调和的矛盾。

【二】

赵姨娘对娘家如此忠实，是她娘家对她疼爱有加吗？显然不是。

得到的爱比较充分的女孩，纵然有争荣夸耀之心，像袭人，也表现为"和气里头带着刚硬要强"。

当初袭人家里吃不上饭，将她卖到贾府做丫鬟，家业稍稍兴旺，她哥哥就记着要赎她回家。袭人在家里说话时的口气,随和里带着点罕见的娇嗲,都说明她在家中是被疼爱的。

书中明确地说她"手中撒漫",也就是大方、不吝惜财物的意思。管花园的老婆子要请她吃个葡萄,她也正色说:"上头还没有供鲜,咱们倒先吃了。"你可以说她守规矩,也可以说她大奸若忠,但她从来没有赵姨娘那种紧张感。

赵姨娘那种动辄孤注一掷的勇猛,更像《金锁记》里的七巧,她们处境也很像,同样从底层进入豪门内部,同样得不到夫家的尊重,同样利益至上,同样对娘家多有贡献。

赵姨娘自称像熬油似的熬了这么多年,七巧的日子更熬煎。她家里为了攀附富贵,将她嫁给身患"骨痨"的姜家二少爷,既要面对豪门妯娌的歧视,又要面对那个身上的肉是"软的、重的,就像人的脚有时发了麻,摸上去那感觉"的二少爷。

钱成了七巧唯一的安慰,跟心上人姜家三少爷姜季泽她都斤斤计较,对娘家倒很慷慨。跟她哥嫂一见面,就送了他们这些东西:几匹新款尺头,一副四两重的金镯子,一对披霞莲蓬簪,一床丝绵被胎,侄女们每人一只金挖耳,侄儿们或是一只金锞子,或是一顶貂皮暖帽,另送了她哥哥一只珐琅金蝉打翼表。

在那兵荒马乱的当口,这礼物不可谓不厚重,但她娘家对她呢,将她嫁给一个"骨痨"患者就不说了,她哥哥偶尔来看她,还顺了姜家不少东西。七巧怪他让自己丢了脸,她哥哥居然说"我就用你两个钱,也是该的。当初我若贪图财礼,问姜家多要几百两银子,把你卖给他们做姨太太,也就卖了",赫然以施恩者自居。

七巧未尝不知道这哥哥的厚颜无耻,还说出了与《红楼梦》里鸳鸯所言相似的那句话:"我早把你看得透里透——斗得过他们,你到我跟前来邀功要钱,斗不过他们,你往那边一倒。"但依旧难以割舍,"煞不住那呜咽的声音,一声响似一声,憋了一上午的满腔幽恨,借着这因由尽情发泄了出来",她嫂子都看出她"分明有些留恋之意"。

【三】

七巧都被她娘家吃定了,被吃定的原因,不在于他们对她好,反而是他们对她不好。她家人能把她嫁给一个病人,她哥哥以她命运的支配者自居,可以推想,在她的原生家庭里,应该有这么一个认知:女孩就该任人摆布,就该被牺牲掉的。

一个人对世界的很多认知,形成于成长期。在我们弱小时,我们很容易信服强大者的说法,若一个女孩生在轻贱女性的家庭,她可能就会以为这理所当然,更要命的是,她的自我因此被沉埋,不会向外界发出任何求救的信号。她会觉得,亲人尚且对自己这么坏,外面一定更危险——奴役者兵不血刃地完成了对外界的妖魔化。

这也许是最彻底的摧毁,它不但剥削你、奴役你、打击你,还让你心甘情愿地维护这个体系,谁要是对它不利你就跟谁急。

连它带给你的苦难你都甘之如饴，以为是对抗外面那一整个恐怖世界的能量。

那个体系已经长到你的血肉里，与你的骨肉相连，即使你知道其中有鬼，还是不由自主地为之作伥。我有个很优秀的朋友对我说，她父母很遗憾她的成就不能移植到她哥哥身上，有时候，连她自己也都不免这样想。

能够反省，就值得庆幸，更有很多被奴役的女儿们，将其他不肯被奴役者视为异己，苦口婆心，横眉冷对，一定要天下大同方才后快。

七巧最终疯了，对人世完全失去信任。我总觉得这是作家的合理想象。事实上，更多人如赵姨娘，她不想疯，她还要活下去，就得和她的娘家恩怨交加地活下去。

她的幸福，只能建立在他们的幸福之上。她被伤害的尊严，也只能在他们的恭维和半真半假的体谅里找补。帮娘家人跟这个世界争抢，成了她活下去的信念。

她必须和他们抱成团，冲锋陷阵，铤而走险，撒泼耍赖，能抢到一点是一点。虽然想起来心中也有怨愤，口中也有恶声，但没办法，她生命的格局已定，一个被剥削被压迫的女儿，只能拥抱这泥淖里的温暖。

弱者做不了好母亲

【一】

现实里,晴雯和宝玉最亲近,对他有着模模糊糊的梦想,但她去世之前,扯着嗓子喊了一夜的,是娘。虽然关于母亲的记忆,早就淹没于杂沓过往,但在最后的时刻,她仍然以呼喊为手臂,伸向虚空里,想要抱住那份温柔与安宁。

母爱不是《红楼梦》的主题,但却像一根金线,编织在字里行间。贾琏和贾蓉为人处世颇有差别,却有一种相似的丧,即便作恶,也不似被母亲溺爱的薛蟠那样作得生机勃勃,倒像是无可依凭,不如放纵。

理论上母亲是我们灵与肉的双重护佑,有妈的孩子是块宝。然而,人间事,常常并不这么简单。有各种各样的女人,就有各种各样的母亲,"女人本弱,为母则强"作为一句口号足够铿锵,事实上,弱小的女性当了妈,也不会秒变金刚,她的那种弱,渗入母亲对子女天然的控制力里,倒有可能形成一种"弱伤害"。

比如怡红院里有个芳官，原本是元春省亲时采买的小戏子，后来转岗给宝玉当丫鬟，上面指派了一个老婆子做她干娘。这老婆子不是个省油的灯，处处克扣她。宝玉、袭人看不过去，派出麝月去威慑那干娘。

麝月不如晴雯美貌，没有袭人温柔，却有一长处，特别会讲理，她这样跟这老婆子讲理："你且别嚷。我且问你，别说我们这一处，你看满园子里，谁在主子屋里教导过女儿的？便是你的亲女儿，既分了房，有了主子，自有主子打得骂得，再者大些的姑娘姐姐们打得骂得，谁许老子娘又半中间管闲事了……"

长篇大论，有礼有节，中心思想就一个：想教导别人？先撒泡尿照照镜子吧。这老婆子挨了劈头盖脸这么一通训，在宝玉、袭人以及芳官等人面前算是气焰转弱了，但是有一种弱者，是需要欺负比自己更弱的人，来重建信心的。她转身拿亲闺女春燕出气，不成想，却捅了更大的马蜂窝，差点砸了饭碗，还要被拖到角门打四十大板。这婆子方弄清自己和女儿的力量对比，泪流满面，央求完袭人，又去求女儿春燕为自己说情。口气那叫一个和软。

"巨婴"这个词已经快被用烂了，但是当弱者变成母亲，非巨婴两个字不能形容，她们会把所有不能承受的压力，转嫁到她可以控制的人身上。春燕娘是这样，赵姨娘也是这样。

【二】

赵姨娘是贾政的妾,在荣国府里,算半个主子。

一说到"半个",就是一个又尴尬又微妙的词,赵姨娘自己想朝"整个"上靠,其他人看她,则是一半都勉强,芳官就老实不客气地说:"梅香拜把子——都是奴几。"

自我认知和他人判断高度不匹配,导致赵姨娘的不甘心不服气,这不甘心不服气露过几次头,立马遭到王熙凤雷霆万钧的打压,赵姨娘大气也不敢出。其间她也想使点坏水什么的,奈何魔高一尺,道高一丈,最终只是白白给装神弄鬼的马道婆写了五百两银子的欠条而已。

赵姨娘搞不定这个世界,女儿探春就成了她的"人质",再怎么着,这个"才自精明志自高"的探春是她生的,她要探春和自己站在一个阵营里,和这世界对抗。

但探春已经觉醒,拒绝被她控制,两人之间不觉形成了一种对峙。赵姨娘是"过两三个月寻出由头来,彻底来翻腾一阵,生怕人不知道(探春是姨娘养的),故意的表白表白",探春本人却要拿出小姐的款儿。俩人的关系,像李宗盛的歌里唱的:一人挣脱的,一人去捡。

似乎总是探春赢,母女的每次过招,都是探春获得点赞和支持,赵姨娘灰头土脸,落荒而逃。但这就是探春和赵姨娘关系的全部吗？探春撇得太清，反而令人疑惑，何况书中有蛛丝马迹显示，她们娘俩私下里的关系可能又是另一回事。

每次赵姨娘出点什么事，探春第一个着急上火。

赵姨娘和芳官她们打架那回，匆匆赶到的探春，当众倒是一口一个姨娘，不疾不徐的一番大道理说得赵姨娘哑口无言，转头却对李纨和尤氏叹道："这么大年纪，行出来的事总不叫人敬服……这又是那起没脸面的奴才们的调停，作弄出个呆人替他们出气。"

"这么大年纪""呆人"，这样的用词里固然都是责备，但未尝没有一丝丝心疼可怜的意思。之后她越想越气，命人去查是谁挑唆的，痛恨别人欺负赵姨娘，也不在乎别人记起她是姨娘养的了。

你可以讨厌你的母亲，但你无法抛弃她，她的命运必然有一部分是你的，绝不是以理性就能解脱。探春怨恨自己的出身，但这怨恨，也使她对母亲的处境感受更为深刻。她们相爱相杀，共生共长，她们的关系，有点像《西游记》里那个神奇的绳索，越是挣扎，就被捆绑得越紧。

'87版电视剧《红楼梦》里，探春远嫁之时，披着大红斗篷，赵姨娘含泪相送，探春的眼睛里亦有许多未尽之词。赵姨娘纵然有再多不是，此刻，也只剩下作为母亲的一种弱。甚至于，看着远嫁的女儿，卑微如赵姨娘，都不可以以母亲的身份痛哭一场，这是最彻底的悲伤。

高鹗的笔下，赵姨娘却是另一种恶毒："却说赵姨娘听见探春这事，反欢喜起来，心里说道：'我这个丫头在家忒瞧不起我，我何从还是个娘,比他的丫头还不济。况且汆上水护着别人……如今老爷接了去,我倒干净。想要他孝敬我,不能够了。只愿意他像迎丫头似的,我也称称愿。'"

迎丫头是贾赦的女儿迎春,出嫁一年,就遭受家暴折磨而死,赵姨娘再蠢,也不会盼着自己闺女落那么个下场。高鹗对人类的基本感情都不了解,倒也洋洋洒洒续写了四十回红楼。

【三】

而《红楼梦》里最弱的母亲,当数一个不怎么有名的小人物——金荣的母亲。

金荣的姑姑嫁给了荣国府的外围亲戚贾璜,人称璜大奶奶。这位璜大奶奶,空有主子的名头,并没有主子的实力,经常跪求凤姐把东西借给她拿去当——估计凤姐那里有许多一时用不着的东西,比直接借给她钱要妥当。

金荣却是个不知道天高地厚的主,靠着姑姑的关系进入贾家学房之后,不好好读书,成天价争风吃醋,先是得罪了秦钟,随即又呛了宝玉,最后胳膊扭不过大腿,以磕头认错收场。

金荣咽不下这口气,在母亲面前嘀嘀咕咕,他母亲胡氏先不管其中是非,只要金荣安静下来,理由是:"人家学里,茶也是现成的,饭也是现成的。你这二年在那里念书,家里也省好大的嚼用呢。省出来的,你又爱穿件鲜明衣服。再者,不是因你在那里念书,你就认得什么薛大爷了?那薛大爷一年不给不给,这二年也帮了咱们有七八十两银子。你如今要闹出了这个学房,再要找这么个地方,我告诉你说罢,比登天还难呢!你给我老老实实的顽一会子睡你的觉去,好多着呢。"

这段话太可怕了,在胡氏眼里,学房里的福利之一,是能结识薛大爷。薛大爷为什么给金荣银子,胡氏真的不知道吗?她吐出"不给不给"四个字,说明也知道薛蟠给钱给得不是特别爽快。即使作为玩物,金荣也不是最受宠的那个。

是这妈妈太财迷心窍,将钱财看得比孩子还重吗?肯定不是。胡氏是个寡妇,就守着这个金荣,攒下来的钱也是给孩子买件"鲜明衣服",剩下的还是留给他。

寡妇熬儿,这个孩子是她的全部,她想要他过得好,只是作为弱者,她没有能力评判什么叫做"好",只能去模仿她眼中的"强者"。有地方念书,有好衣服穿,还能剩几个钱,就是她眼中的"好"了。至于这"成功"之下,是否藏污纳垢,有没有被欺辱,她不去想,也不敢想。唯恐有任何变故,毁坏了这"成功"。

但心中还是会觉得憋闷吧,不然也不会到小姑子璜大奶奶那里讲述。璜大奶奶经常跪求凤姐,此刻在寡嫂面前,却也要抖起威风,声称自己要去找秦可卿理论。这把胡氏吓得不轻,求她一定不要去:"别管他们谁是谁非。倘或闹起来,怎么在那里站得住。若是站不住,家里不但不能请先生,反倒在他身上添出许多嚼用来呢。"

虽然金荣本人并不是没毛病，但胡氏的回避不是理亏，而是弱者的畏缩。她甘愿被现实碾压，唯恐没有资格谄媚，还以为都是为了孩子好。听上去虽然极品，但是，在生命的尊严与生存的压力面前，有多少为人母者，不曾给孩子这种"弱伤害"？

我们总是歌颂母亲，但是，母亲只是一种天然属性，没有那么值得歌颂。就像胡适所言："树本无心结子，我也无恩于你。"只有那些克服了自身的局限性，帮助孩子塑造出更为健康的人格的母亲，才是了不起的母亲。要想实现这一点，我们这些做母亲的，首先自己要强大起来。

第三辑

谜之黑洞

秦可卿与王熙凤之间的谜之黑洞

外行看热闹，内行看门道，作家毕飞宇最近发表在《文汇报》上的一篇《王熙凤的款步与小说的反逻辑》，十足是作家的阅读法，循着他的目光一路看过来，那些非常容易被人忽略的小细节里都是埋伏，可谓步步惊心。

《红楼梦》第七回，凤姐说要见见秦可卿的弟弟秦钟，贾蓉说这孩子生得腼腆，没见过大阵仗儿，怕凤姐见了生气。凤姐就说："凭他什么样儿的，我也要见一见！别放你娘的屁了。再不带我看看，给你一顿好嘴巴。"

这句话让毕飞宇产生了怀疑：王熙凤当着秦可卿的面对秦可卿的丈夫这样，以王熙凤的情商，她为什么一点也不顾及一个妻子的具体感受？

他还提出，贾蓉说秦可卿的情况不太好之后，凤姐为何毫无反应？后来还跟那些太太夫人们开起了玩笑？更让毕飞宇感到不可思议的还有，王熙凤去探望秦可卿时，贾蓉一进屋就对下人说

"快倒茶来,婶子和二叔在上房还未喝茶呢。"毕飞宇奇怪于当时场面那么杂乱,你老婆都那样了,你还能准确地指出"婶子"在"上房"还没有喝茶,你注意力都放在哪里了?而最让他感到毛骨悚然的,是王熙凤探望秦可卿之后去往饭厅的路上的表现。

生活常识和生活逻辑告诉我们,一个人去探望一个临死的病人,尤其是闺蜜,在她离开病房之后,她的心情一定无比地沉痛。好吧,说到这里,小说该怎么写,我想我们都知道了,曹雪芹也许要这样描写王熙凤了:她一手扶着墙,一手掏出手绢,好好地哭了一会儿,心里头也许还会说:"我可怜的可卿!"然而,对不起了,我们都不是曹雪芹。王熙凤刚刚离开秦可卿的病床,曹雪芹这个小说家一下子发起了癔症,他诗兴大发,浓墨重彩,用极其奢华的语言将园子里美好的景致描绘了一通。突然,笔锋一转,他写道:

凤姐儿正自看园中的景致,一步步行来赞赏。

毕飞宇说:"上帝啊,这句话实在是太吓人了,它完全不符合一个人正常的心理秩序。这句话我不知道读过多少遍了,在我四十岁之后,有一天夜里,我半躺在床上再一次读到这句话,我被这句话吓得坐了起来。"

经毕飞宇这么一说,凤姐的反应着实可骇。深知凤姐的小厮兴儿曾这样评价她:"明是一盆火,暗是一把刀;上头一脸笑,脚下使绊子。"书中也不避讳地写她各种两面三刀。宝玉挨打那一回，黛玉看凤姐没去看望宝玉，都觉得奇怪，认为她在老太太、太太面前，总要打个花胡哨的，正琢磨着，凤姐陪着贾母、王夫人一队人马，花红柳绿地朝怡红院去了。

结合这几方面，凤姐与秦可卿的交情，貌似有点靠不住，临近文末时，毕飞宇这样写道："王熙凤过去是荣国府的办公室主任，秦可卿呢，是宁国府的办公室主任。现在，两边的办公室主任她都当卜了……是的，王主任的心里头没人，只有她的事业与工作。"他以这个总结，回答了前面的种种疑问。

前面说了，凤姐确实不是那种忠厚刚直之人，可是，即使秦可卿死后她能当上宁国府的办公室主任，也是个临时性的差事，凤姐纵然权欲旺盛，不至于看重这点光荣多于闺蜜的性命，种种可疑之处，放在小说里也许有些突兀，放进生活里倒是严丝合缝。

凤姐与贾蓉的关系，一向惹嫌猜。除了毕飞宇提到的这几处，更暧昧的还有刘姥姥初进荣国府那一回，贾蓉来借玻璃炕屏风，凤姐故意不答应，贾蓉以软语磨她。凤姐说："也没见你们，王家的东西都是好的不成？你们那里放着那些好东西，只是看不见，偏我的就是好的。"贾蓉说："那里有这个好呢！只求开恩罢。"人像调情了，似乎凤姐也很享受这调情。

但你若细看，会发现凤姐就不爱太正经地说话，包括对贾母，她都是用揶揄嗔怪的方式来讨好，以此强调自己是被喜爱、被宠溺的。

　　这和她的成长经历有关。小说里说了，凤姐自幼受到父亲的宠爱，当成男孩一样养大，她因此别有一种自信。她将这种风格带入贾府，偏巧投了贾母的缘，贾母笑说她是"泼皮破落户"，昵称"凤辣子"，很是欣赏她那种外松内紧的泼辣与强悍。当凤姐的天性转变成了行之有效的公关艺术，她自然更乐于展现。

　　再有，荣国府长辈多，规矩大，凤姐多少有点压抑，宁国府首先没什么长辈，其次也没什么规矩，跟宁国府的人说话，凤姐总是特别放松，加上贾蓉又是晚辈，口气听上去就像撒泼耍赖了。

　　在讲究男女大防的时代里，凤姐的做派确实引人侧目，连贾琏都曾跟平儿说过："他不论小叔子侄儿，大的小的，说说笑笑，就不怕我吃醋了。"平儿说："他醋你使得，你醋他使不得。她原行的正走的正。"

　　平儿是凤姐的贴身侍女，凤姐的情况她最了解，凤姐告诉她贾瑞打自己主意，平儿也骂这个"没人伦的东西"，若是凤姐与贾蓉有染，平儿如何敢提"人伦"二字？

　　凤姐当着贾琏的面，尚且跟族中男子说说笑笑，当着秦可卿的面，对贾蓉嬉笑怒骂就更不足为奇了。至于说贾蓉为何会惦记"婶子和二叔在上房还未喝茶呢"，那不是凤姐的问题，而是贾蓉的问题。

　　我们都知道，贾蓉不是个好东西：和小姨有染的是他；撺掇贾琏娶尤二姐也是他；贾家败落后，卖巧姐的"狠舅奸兄"十有

118

八九他也有份，因此开篇就让他和刘姥姥在凤姐房间里打个照面。但是，可恨之人也有可怜之处，贾蓉变成这样一个人，也跟他的经历有关。

贾珍与贾蓉，是书中最不像父子的一对。贾政看宝玉诗作得不错，脸上很严厉，心里却在窃喜。贾琏在贾赦面前，也敢梗着脖子来几句。唯有贾蓉在贾珍面前，唯唯诺诺，一个不周全，他爹就叫小厮照脸啐他。贾珍本人没怎么得到过父爱，一丝儿女心也无，他不像贾蓉的父亲，倒像他的主子，才能坦然地挖他的墙脚。

贾蓉母亲死得早，在这样一个"主子"的统治下，他形成了双面性格。在人前，他警觉，有眼色，言辞得体——应对张先生那一节表现得尤其突出，但极度的压抑也让他扭曲，一转脸，他抱着丫鬟亲嘴，吃他姨娘吐出来的槟榔渣子，穷形尽相，寡廉鲜耻。注意到凤姐与宝玉在上房还没有喝茶，他是被他那喜怒无常的父亲训练出来的。后来贾蓉在族中事务中多次出场，除了有一次背着贾珍去乘凉之外，大多时候看上去都十分老成靠谱，越是如此，就越显示出他逆来顺受的绝望。更何况，他和秦可卿一丝CP感也无，这也是他同样能在张医生面前表现得那么周全的缘故。他把自己放到一个办事员的位置，不牵动情绪，也就不失方寸。

确如毕飞宇所言，贾蓉与秦可卿的关系中，存在着一个巨大的黑洞，但这未必为凤姐所知情。连身在宁国府的尤氏一开始都被蒙在鼓里，秦可卿生病时，贾珍就曾大喇喇地对妻子尤氏说："方才冯紫英来看我，他见我有些抑郁之色，问我是怎么了。我才告诉他说，媳妇忽然身子有好大的不爽快。"

这话好奇怪，你儿媳妇病了，你至于难过得上鼻子上脸的吗？尤氏也不疑心，听到秦可卿有救，还"心中甚喜"。她还曾对贾蓉说，若是秦可卿有个好歹，你再要娶这么一个媳妇，这么个模样儿，这么个性情的人儿，打着灯笼也没地方找去。

听这意思，倒是贾蓉捡了个宝。按说贾蓉是长房长孙，宁国府唯一的继承人，长得也是"面目清秀，身材俊俏"，跟秦可卿算得般配，为何尤氏会觉得贾蓉占了天大的便宜呢？

有红学研究者认为秦可卿出身高贵，有人还言之凿凿地说她是废太子之女。将《红楼梦》当成《达·芬奇密码》来读也自有乐趣，但如果只当它是小说，只看文本的话，秦可卿赢得包括贾母、凤姐、尤氏以及下面的小丫鬟一致推崇，还是因为她在经营人际关系上花费了太多的心力。

如果说秦可卿出身高贵而让人另眼相看，就很难解释尤氏所言的："他这为人行事，那个亲戚，那个一家的长辈不喜欢他？"不可能所有的亲戚都了解她的底细，书中倒是更常写到她的会做人，"贾母素知秦氏是个极妥当的人，生的袅娜纤巧，行事又温柔和平，乃重孙媳中第一个得意之人"，以及"那长一辈的想他素日孝顺，平一辈的想他素日和睦亲密，下一辈的想他素日慈爱，以及家中仆从老小想他素日怜贫惜贱、慈老爱幼之恩，莫不悲嚎痛哭者"。

成也是会做人，败也是会做人，她的病就是因为想太多："大奶奶是个心性高强聪明不过的人；聪明忒过，则不如意事常有；

不如意事常有，则思虑太过。此病是忧虑伤脾，肝木忒旺，经血所以不能按时而至。"

尤氏跟远房亲戚聊天时也曾说："你是知道那媳妇的：虽然见了人有说有笑，会行事儿，他可心细，心又重，不拘听见个什么话儿，都要度量个三日五夜才罢。"

这明显是一个"凤凰女"的处境，她家境寒薄，凭着她的美貌、聪慧、善窥人意、事事周全，赢得了贾家上下人等的欢心，凤姐于她，也是英雄惜英雄。然而，在宁国府这样一个地方，对贾珍这样一个王，仅仅以礼相待是不够的。秦可卿只能屈从，这又与她原本争气要强的心性矛盾。她活成了一个巨大的悖论。

秦氏在凤姐印象里最深刻的，就是有礼数，所以凤姐发现秦可卿没有出场时，极为诧异。这诧异巨大到让她得知秦可卿生病时，先要对王夫人等人替可卿解释："我说他不是十分支持不住，今日这样的日子，再也不肯不扎挣着上来。"

她俩都是贾家的年轻媳妇，都是一等一的人物，心意相通，凤姐纵然为可卿的病而感到难过，在邢夫人、王夫人面前，她也没有资格独自悲伤。所以她来不及细问秦可卿病情，一如既往地开始插科打诨，以幽默感取悦众人。可卿有可卿的不得已，凤姐也有凤姐的不得已。

直到侍候婆婆和姑妈吃完饭，凤姐才得以请假去看望秦可卿。两人细细密密地说了很多衷肠话儿，眼圈红了好几回，都意识到诀别日期不远，现场气氛十分悲伤。凤姐终于起身告辞，"带领阶来的婆子丫头并宁府的媳妇婆子们",穿越花园,去邢夫人、王夫人等人看戏的地方。就是在这时,曹公非常罕见地来了一大段风景描写。

这里随便引用几句:"黄花满地,白柳横坡。小桥通若耶之溪,曲径接天台之路。石中清流激湍,篱落飘香;树头红叶翩翻,疏林如画。西风乍紧,初罢莺啼;暖日当暄,又添蛩语……"

这是秋天的景象,写完这么一大段之后,就出现了让毕飞宇毛骨悚然的那句"凤姐儿正自看园中的景致,一步步行来赞赏"。

这确实写得太好了,它的好在于,作者于一大堆写作俗套之外,找到了一个表达凤姐当时心情的最好途径。

杜甫有诗:"感时花溅泪,恨别鸟惊心。"人类平时是很自信的,着急处理手边事务,对于花鸟,纵然喜欢,也是玩赏性的,唯有在情绪激荡时,花和鸟才能成知己。凤姐是个大忙人,平日里,怕是没心情去欣赏什么红叶什么清流的,为可卿而起的悲伤里,有着与她素日不同的诗意,那些溪水树林,方才过眼经心。

这是一方面。另一方面,我们不要忘了,此时王熙凤身边有一堆人,她对风景的欣赏,其实是对人的拒绝。她不想跟人说话,她需要一种间隔。当她沉浸在风景中,她就从"琏二奶奶"的身份中超拔出来,只与自己在一起了。

曹公非常善于写间隔感,他不可能像琼瑶那样,把凤姐的情绪朝前推进,他要不断在凤姐的悲伤与日常之间造成间隔,要她看风景,要她遇到贾瑞,并假意逢迎,甚至还要写她来到戏楼时"款步提衣上了楼",以这个有点生硬造作的姿态,帮她重新进入日常,帮她终于在王夫人、邢夫人、尤氏及尤氏母亲面前,掩饰好自己的悲伤。

凤姐的一系列看似突兀的行为背后,未必就有怎样的黑洞。生活有着太多的随意性,也有着太多神出鬼没却能言之成理的逻辑。生活有时候会显得比小说更突兀,那种原生态,那种毛茸茸的线头感,指向各种可能。没有标准答案,如何解释它,和一个人的经验、阅历、对生活的认知有关。

我是毕飞宇的忠粉,以前是,现在也是。很多作家写女性,写的都是自己想象出来的女人,唯有毕飞宇,他像是另有一副女性的灵魂,入乎内而出乎外。但看完这篇文章,我突然发现,毕飞宇写得最好的,都是女性的欲望,而非女性的情感,从《青衣》到《玉米》《玉秧》《玉秀》,无不如是。能理解并尊重女性的欲望已经很难得,能写得那么生机勃勃那么气韵灵动,更是大才。愿能看到毕飞宇更多的读红文章,提供更多不一样的角度。

王熙凤真像她想象中那么能干吗?

王熙凤得知丈夫贾琏听信贾蓉的撺掇,偷娶了尤二姐,气急败坏,直冲到宁国府,先将贾蓉一通臭骂,然后剑指尤氏。

尤氏是贾蓉的继母,算是尤二姐的姐姐。不过尤二姐是她继母带来的,与她并无血缘关系。

尤氏辩解说自己曾经反对他们这么做,他们不听她有啥办法。王熙凤不管,骂道:

"自古说:'妻贤夫祸少,表壮不如里壮。'你但凡是个好的,他们怎得闹出这些事来!你又没才干,又没口齿,锯了嘴子的葫芦,就只会一味瞎小心图贤良的名儿。总是他们也不怕你,也不听你。"

尤氏只能哭着答:"何曾不是这样。"

这是一个耐人寻味的时刻,她俩平时见面画风不是这样的。

王熙凤过生日,尤氏给她敬酒,开玩笑说:"一年到头难为你孝顺老太太、太太和我。我今儿没什么疼你的,亲自斟杯酒,乖乖儿的在我手里喝一口。"凤姐也不是个饶人的,答:"你要安心孝敬我,跪下我就喝。"

口齿虽锋利,却也显出她是有兴趣跟这位大嫂子斗斗嘴的。尤氏到底是宁国府的当家奶奶,现任族长贾珍的妻子,为人也还算不错。

但是,在这个急火攻心的时刻,王熙凤说出了真实的想法,她也许从来就没看得起过尤氏,在她面前,尤氏的确屡屡落了下风。

王熙凤还没出场,就以能干著称。冷子兴跟贾雨村演说荣国府,就说贾琏娶了王熙凤之后:"倒上下无一人不称颂他夫人的,琏爷倒退了一射之地:说模样又极标致,言谈又爽利,心机又极深细,竟是个男人万不及一的。"

最见王熙凤之能干的,是秦可卿去世的当口,尤氏突发心疾,贾珍又悲伤得几乎生活不能自理,正乱成一团时候,贾宝玉向贾珍推荐王熙凤来帮他理家,料理这场丧事。

注意,此时王熙凤还管着荣国府那一摊子事儿,临危受命,身兼数职,她不敢掉以轻心,一个人坐在抱厦里沉思默想,找出宁国府管理的五大症结:

"头一件是人口混杂,遗失东西;第二件,事无专执,临期推委;第三件,需用过费,滥支冒领;第四件,任无大小,苦乐不均;第五件,家人豪纵,有脸者不服钤束,无脸者不能上进。"

这一段历来被视为管理学的教科书,宁国府任人唯亲,阶层固化,管理混乱,就像一个混吃等死的老国企,没个像样的当家人。

这里明写王熙凤，暗里未必不是在写本该肩负起理家职责的尤氏，但凡她有王熙凤一星半点能干，怎么会把这个家料理成这样？

后面也有几处，写到这位大奶奶的窝囊。她在李纨房间里梳洗，她的丫鬟炒豆儿只是弯腰捧着脸盆让她洗——按规矩这丫鬟是该跪着的。大丫鬟银蝶乖觉，骂道："一个个没机变的，说一个葫芦就是一个瓢。奶奶不过待咱们宽些，在家里不管怎样罢了，你就得了意，不管在家出外，当着亲戚也只随着便了。"唬得炒豆儿赶忙跪下，尤氏还为她打圆场："你随他去吧，横竖洗了就完事了。"

与其说她是好人，不如说她是烂好人，她的软弱，众人皆看在眼里。偶尔在荣国府吃个饭，主子吃的细米饭没了，添饭的人就把下人吃的米饭盛来给她。倒是鸳鸯站起来打了个不平，要人把三姑娘的饭拿来添上，尤氏还赔笑说："我这个就够了。"鸳鸯抢白她说："你够了，我不会吃的。"

这位珍大奶奶，似乎是一个十足的窝囊废。然而，她也有偶尔露峥嵘时刻。

第六十三回的回目叫"寿怡红群芳开夜宴　死金丹独艳理亲丧"，前半回讲述女孩子们给贾宝玉过生日，良辰美景，烛影摇红，所有的人都在场，对未来皆有期待和想象，是整部书里最为华彩的篇章。

余音尚未散尽，丧钟已然敲响，贾珍之父贾敬去世的消息陡然间传来。

这个看似一点也不重要的老爷子,实为起承转合的角色,暗示了秦可卿命运的曲子《好事终》里说的"箕裘颓堕皆从敬,家事消亡首罪宁",且不说这里面是不是隐藏着什么大秘密,只说如果不是他将家事一推,跑到道观里炼丹,下一代也许不会这样一个比一个丧。

这是另外一个话题,我们只看在这关键的一节里,回目里不但出现了尤氏的名字,还表彰了她的光荣事迹:"独艳理亲丧"——五个字,神采奕奕,哪里有一点窝囊迹象?

内文里展示得更充分。尤氏当时面临的情况,比当初凤姐协理荣国府时更加困难。正赶上一位老太妃去世,贾母、王夫人、贾珍等人,全部送灵去了。即便贾珍得了消息,快马加鞭往回赶,也得半个月。王熙凤病着,其他人也顾不过来,所有的情况,都需要尤氏当机立断。

且看这时尤氏的表现:首先命人赶到玄真观,将所有的道士都锁了起来,等贾珍回家审问,然后又请太医看视到底系何病。

她没有被突如其来的死讯弄乱手脚,首先要确定老太爷的死因。道士们大呼冤枉,她也不听,只命锁着,等贾珍来发落。这是尤氏的铁腕。

她知道天气炎热,没法等贾珍回来再卜葬,当即"自行主持,命天文生择了日期入殓……一面且做起道场来等贾珍"。这是尤氏的决断。

她还有余力顾及路上的人,怕贾珍父子着急忙慌地朝回赶,老太太路上没人,派两人前去护送老太太,贾珍听说后都赞不绝口。这样一个事事周全妥当的尤氏,才不是众人想象中的"没脚蟹"。

再回想尤氏平时的表现,亦有不凡之处。前面说了,她和邢夫人一样,都是出自寒门的填房,都嫁给很不堪的丈夫,在贾家得到的尊重都很有限。邢夫人一肚子气不顺,把自己弄成一个尴尬人。尤氏却不亢不卑,既能和凤姐开不失身份的玩笑,又有余力照顾她眼中的"苦瓠子"赵姨娘和周姨娘,不在乎凤姐会知道,这种才干、气魄和情商,也不是凡人所能有。

她平时的表现是显得有点弱,但就她的处境而言,这也许是最佳模式。要是她爱逞强,非要丁是丁卯是卯的,家人未必心服,贾珍也未必能容得下。戴着镣铐行走,能让自己步态如常就已经是成功了。

王熙凤没有镣铐,只有翅膀。她不用混情商,王家的背景让她站在了巨人的肩膀上,居高声自远,自然就能够随心所欲而不逾矩。

拿这开了挂的人生和尤氏相比,当然是不公平的,更要命的是,她还当成是自己能耐大,对于"无能"的对方鄙视有加,这种盲目的自信,影响了她在各方面的判断,从而最终影响她的人生。当大海退潮,外挂失效,凤姐也许会震惊地发现,过去她对于自己和他人居然都存在如此之多的错觉。

世间有多少像王熙凤这样的人,背景够好,或者运气够好,那一点才干顺风顺水,被无限放大。众人交口称赞,自己也以为能够碾压或者艳压一切，将他人看得如若尘土——王熙凤就曾自称不信阴司地狱报应：不管什么事，我说行就行。却不知，你的风光他人的窝囊，也许都是运势使然，而运势这样东西的实质就是"无常"。

曹公写王熙凤，是飞着写的，一路上扬，而你知晓，她必然会在某个时刻从高处坠下；写尤氏，是摁着写的，她身上有巨大的谜团，也有无限可能。

她像是公司里不显山不露水的人物，笑呵呵的，看上去很普通，只是偶尔一两次过手，让你惊觉她不为人知的力道。八十回后无从见，我们无法看见，王熙凤面对真相的心碎和尤氏的再露峥嵘。但现实中，有多少人，在以自己的人生书写着同人篇章，纵然不见，也可以推想。

当凤姐遭遇刘姥姥,她为何没有『致贱人』?

叔本华说,生命是一团欲望,满足不了便痛苦,满足了便无聊。贾母与刘姥姥,正是这两端。

刘姥姥被她的"痛苦"驱遣着,来到贾府打秋风。"无聊"的贾母说:"我正想个积古的老人家说话儿,请了来我见一见。"刘姥姥因此得以参加贾母的盛筵,获得很多馈赠,当然,她也为此付出很多努力,比如扮丑扮愚笨,逗得贾家上下前仰后合,气氛十分欢乐。

但是黛玉和妙玉很不待见刘姥姥,黛玉说:"他是那一门子的姥姥,直叫他是个'母蝗虫'就是了。"妙玉没说得这么直接,只是让道婆把刘姥姥用过的茶杯搁外面,不要收进来。

不能说她二人势利,这个突然冒出来的老太婆确实有点 low,一向不爱表态的宝钗也大为赞赏"母蝗虫"三个字:"把昨儿那些形景都现出来了。""母蝗虫"云云,指的是刘姥姥吃相难看又很弱智的样子吧。

其实刘姥姥还真没这么弱智,她百般耍宝,是不得不如此。而且,来第二趟时她心中有底,节奏与分寸掌握得都还算不错,虽然略显猥琐,却是存心取悦,并收到了良好效果。她第一次进荣国府见凤姐时,才更是招人烦。

确如黛玉所说,刘姥姥并非贾家正经亲戚。她女婿王狗儿的爷爷,当年是个小京官,贪图王家权势,在王夫人父亲跟前自认做子侄辈。到板儿父亲这一代,家业萧条,搬到郊区去生活。这年天气渐渐转冷,冬事一无着落,眼看日子就要过不下去,刘姥姥跟狗儿一合计,想出了到荣国府求救济这条路。

刘姥姥精心做了准备,包括带上小外孙板儿,一老一小,是求乞者的黄金搭档。按说这应该是比较能打动王夫人的一个组合,然而,当他们兜兜转转终于进得荣国府大门,王夫人并没有见他们的兴致,把他们指到了王熙凤这里。

周瑞家的这样传达王夫人的指示:"太太说,他们家原不是一家子,不过因出一姓,当年又与太老爷在一处作官,偶然连了宗的。这几年来也不大走动。当时他们来一遭,却也没空了他们。今儿既来了瞧瞧我们,是他的好意思,也不可简慢了他。便是有什么说的,叫奶奶裁度着就是了。"

四层意思,层层分明。首先指出两家本来就没有太深交情,"偶然"二字用得讲究;其次是后来走动得也少;但是,以前出于人道主义对他们也还比较照应;最后,这件事你看着办吧。

一言以蔽之,王夫人觉得无可无不可,不照顾他们是本分,要不要照顾可以看心情。

面对刘姥姥，王熙凤完全可以没有好心情。贾母和王夫人爱做慈善，怜弱惜贫。王熙凤却是个不信邪的人，声称不相信阴司报应，许多时候她都是不惮于扮坏人的。

当然，王熙凤也不是全然的坏人，她讨厌婆婆邢夫人，却照顾邢夫人的侄女邢岫烟。邢岫烟本人气质不俗，安分守己，不卑不亢，入了王熙凤的法眼。

刘姥姥可没那么可爱。王熙凤跟她寒暄，说亲戚们现在都走动得少了，刘姥姥就说："我们家道艰难，走不起，来了这里，没的给姑奶奶打嘴。"这话说的，好像王家、贾家等着她那点东西解馋似的。

毕竟是乡野老太太，以前也没怎么大阔过，虽然有心巴结王熙凤，却完全无法掌握豪门里的交流艺术。

她想跟凤姐攀交情，推着那个鼻涕娃，一口一个"你侄儿"。但正如周瑞家的所言："便是亲侄儿，也要说和软些。蓉大爷才是他的正经侄儿呢，他怎么又跑出这么一个侄儿来了。"

言下之意，就算想攀亲，也得先照照镜子。这话虽然势利，也是好意，还原一下那场景，一个衣衫褴褛的老太太，站在身着皮草、粉光脂艳的豪门阔太面前自认长辈，确实有点违和。

但王熙凤却表现出了惊人的大度，始终微笑，请刘姥姥吃了早饭，给了她二十两银子。这二十两银子，是赵姨娘十个月的月钱，是贾母、王夫人们一个月的月钱。贾芸给凤姐送礼，也不过花了十五两银子。刘姥姥自己后来也说了,够一个庄户人家过一年的。

刘姥姥喜出望外,喜形于色,对王熙凤说:"'瘦死的骆驼比马大',凭他怎样,你老拔根寒毛比我们的腰还粗呢!"

这话不只是粗鄙了,还说得不吉利,若多点心,还能听出一种劫富济贫的理直气壮。

王熙凤却没有发飙,她又给了刘姥姥一吊钱,让她雇车坐。相对于那二十两银子,这额外的一吊钱里有着更多的温度,那是对人情世故有所体察之后,对于这个穷老婆子的一种体恤。这二十两银子一吊钱,比后来刘姥姥得贾母青眼后,所有人的馈赠加起来都要重。

王熙凤为什么对刘姥姥这么照应?也许只是刘姥姥来得巧,赶上凤姐那天心情不错,加上她当家没几年,尚且元气满满,她有力气包容,还有力气施舍。她没啥文化,不讲情怀,只是随手做一件好事,不在乎施舍对象是否可爱。她以一个春风得意者的漫不经心,给了自己和刘姥姥机会。

"留馀庆,留馀庆,忽遇恩人;幸娘亲,幸娘亲,积得阴功。"巧姐的这句判词,罕有的喜庆。在我们的视野里,凤姐积的阴功不多,想来就是这一桩。到了那个时候,她再回想对于刘姥姥的这次随手的施舍,是否会有更多感触?而比她感触更多的,应当是目睹了全过程的曹公,他这样精细地描述刘姥姥的各种 low、各种遭嫌弃,正是要与后面对照。当他也从强势处境沦为弱势,他应当会发现一个道理,求人的时候谁不 low?

即便是"不为五斗米而折腰"的陶公,也有"饥来驱我去,不知竟何之。行行至斯里,叩门拙言辞"的尴尬,曾如宝玉那般生活优裕的曹公,随着家族的没落,沦落到"茅椽蓬牖,瓦灶绳床""举家食粥酒常赊"的地步。据说曹公还曾返回金陵,试图为出版《红楼梦》而拉赞助,最终空手而归。

到此时,曹公应当更能了解那难堪。在这世上,身处强势位置很容易显得潇洒,粗暴潦草那是真性情,不拘小节那就是大气了,拿到钱出了门的刘姥姥,提起王熙凤,赞道:"我见了他,心眼儿里爱还爱不过来。"绝不会追究她是否有片刻傲慢。

求助者则被赋予更多要求,被打量,被评判,还时常被恶意揣测。你的姿态要放低,以叩动对方的恻隐之心,但又不能放得太低,保持适度的美感,也许能获得更多帮助。出于某种诉求说的某些话,后来想想,也许会引向另外一个结果。人心不确定,语境不确定,求助者手中没有与这世界博弈的资本,只能听天由命,注定在通常情况下,一定会显得很 low。

谁能保证自己不会成为一个求助者?解救自己的唯一办法就是,在处于顺境的时候,理解与体谅他人的这种 low,轮到自己时也就不那么难以接受。

王熙凤对于刘姥姥的这次援助,是一个活生生的例子。在现实中,可能没有这么立竿见影、前后呼应,但是,面对那些笨嘴拙舌不知所措的人,若你羞辱了他们,就是羞辱了可能的自己;若你能温柔相待,不生轻慢之心,就是预先赦免了那个可能的自己。

善举不是恩赐，是自救。

《简·爱》里有个场景，一群阔小姐阔少聚在一起骂家庭教师，将对自己的家庭教师的轻蔑变成了对这个群体的不屑，最终，成了一个阶层对另一个阶层表态，争相发言，也成了强调自己身份的一种方式。当我们用简·爱的眼光望向他们时，会觉得他们浅薄到可耻，为什么如今网络上的"吐槽式标榜"，却获得那么多的同仇敌忾？容我冒着诛心之嫌猜一下，社交网络诞生的缘由之一，就是迎合自我标榜的需求。当这种古老的用心与新式社交媒体金风玉露一相逢，形成这样的盛景也就不足为奇了。

自称不信邪的王熙凤，有时也会敬畏贫困

王熙凤从来都不是个大善人，带着贾母、王夫人等人去道观打醮，有个十二三岁的小道士没有躲藏好，撞到她身上，王熙凤扬手就是一耳光，把那孩子打得一个趔趄。

王熙凤从来不装作对弱势群体有悲悯心，却很奇怪地对刘姥姥大发善心。刘姥姥一进荣国府时，是再寻常不过的一个打秋风的穷老婆子。虽然王夫人告知王熙凤，以前刘姥姥来也没让她空着手回去，却也明说两家并不是正经亲戚，不过是偶然联了姻，这些都是给王熙凤作参考，让她裁度着来。

当此际王熙凤权限很大，怎样打发刘姥姥都可以，以她的伶牙俐齿，怎么着都能够给王夫人一个交代。

按照王熙凤一贯做派，对这个说话粗鄙的穷婆子应该是眼皮子都不夹一下的，她却以一种出人意料的宽容，担待了刘姥姥所有的不得体，还给了她二十两银子。

这二十两银子值多少钱？有人说当时一两银子两百块，有人

说五百块,看你以什么为参照了。

作者从一开始就试图将时代架空,对于一两银子的所值,不如直接参照书里的数据:赵姨娘一个月的零花钱二两银子;宝玉在私塾里吃点心或买纸笔,一年是八两银子;刘姥姥游大观园时,说起一顿螃蟹宴要花二十两银子,感慨道,足够我们庄户人家过一年了。可见这二十两银子不是个小数目,难怪刘姥姥喜欢得浑身发痒。

后来刘姥姥二进荣国府,投了贾母的缘。一时间,大家都对她很友好,王夫人、凤姐、平儿等人送了她不少东西,也没有什么好说的。唯有一个细节凸显出来,就是凤姐请刘姥姥给巧姐起名字。

前面王熙凤对于刘姥姥的各种友好,终究是居高临下的施舍,还和鸳鸯合伙拿刘姥姥开涮,让她吃饭前说什么"老刘,老刘,食量大似牛,吃一个老母猪不抬头",博得众人大笑,即使过后凤姐跟刘姥姥解释是开玩笑,也还是不怎么厚道的。

直到刘姥姥回家前,跟凤姐告辞,凤姐提起女儿逛了趟园子发起烧来,刘姥姥道:"小姐儿只怕不大进园子,生地方儿,小人儿家原不该去。比不得我们的孩子,会走了,那个坟圈子里不跑去。一则风扑了也是有的;一则只怕他身上干净,眼睛又净,或是遇见什么神了。依我说,给他瞧瞧祟书本子,仔细撞客着了。"

这话提醒了凤姐,叫人拿来《玉匣记》一查,果如刘姥姥所言。这《玉匣记》是一部集各类占卜之术的书,是否科学且不在这里细说，只说当王熙凤发现刘姥姥说得靠谱之后，态度顿时发生微妙的变化。

她的口气变得恭谨，开始向刘姥姥请教："到底是你们有年纪的人经历的多。我这大姐儿时常肯病，也不知是个什么原故。"刘姥姥直言是富贵人家养孩子太娇嫩，姑奶奶少疼她一点儿就好了。

王熙凤却被触动心事，跟刘姥姥说："我想起来，他还没个名字，你就给他起个名字，一则借借你的寿；二则你们是庄家人，不怕你恼，到底贫苦些，你贫苦人起个名字，只怕压的住他。"

刘姥姥就问这孩子生辰，凤姐儿道："正是生日的日子不好呢，可巧是七月初七日。"

七月初七作为生日为什么不好？有人说因为牛郎织女的故事就是个悲剧，也有人说，在过去"七"这个数字常常用于丧事，比如做头七五七等等，反正就是封建迷信那一套，可以不信。按说凤姐也不该信，她不是很铁齿地说过，她是不信阴司报应、地狱之类的，不管什么事，她说行就行吗？

凤姐将这个思路执行得很彻底。打定主意弄死尤二姐时，她毫不手软，还曾派旺儿去暗害张华。旺儿不想弄条人命在身上，告诉王熙凤这人已经死于非命，王熙凤还不信，说"你要扯谎，我再使人打听出来，敲你的牙！"如何在刘姥姥面前，突然呈现出对于命运的敬畏？

原因很简单，此刻，她是一个母亲。人一旦有所深爱，常常会呈现出某种跟素来表现脱节的非理性。我认识一位大学物理系老师，原本敬鬼神而远之，但她女儿一度突发恶疾，她带女儿四处求医之余，竟然在家里摆了一个神龛，日日向神祈祷，香火不断。

王熙凤和刘姥姥的这段对话里，尤其让人动容的，还有她对于贫穷的敬畏。"你贫苦人起个名字，只怕压的住他"。通常说来，贫苦是让人嫌憎的，意味着匮乏与磨难。但是，它的另一面是经历和承担，有一种类似于土地般的力量。王熙凤试图从刘姥姥身上汲取这种力量，帮巧姐渡过劫难。

人在顺境中容易变得轻狂，以为这世上没有搞不定的事，老子天下第一。唯有所爱者，是我们的软肋，让我们变得胆怯、弱小，在太平盛世里也觉得危机四伏，恍惚间草木皆兵却无处着力，唯有敬畏上天，敬畏苦难。

在《红楼梦》前八十回里，巧姐出场本来就少，和王熙凤的对手戏更少。王熙凤成天忙于和天斗和地斗，这着墨极少的一笔，显示出她对于女儿深沉的爱意。再回到她和刘姥姥初相见的时刻，她对于这个穷老婆子突发性的善心，焉知不是不自觉中显示了对于无常的敬畏呢？这种敬畏，最终获得了回报。

相形之下，贾琏就没有这份郑重。巧姐儿出痘疹，凤姐紧张得要命："登时忙将起来：一面打扫房屋供奉痘疹娘娘，一面传与家人忌煎炒等物，一面命平儿打点铺盖衣服与贾琏隔房，一面又拿大红尺头与奶子丫头亲近人等裁衣……贾琏只得搬出外书房来斋戒，凤姐与平儿都随着王夫人日日供奉娘娘。"

凤姐的"登时"和贾琏的"只得"形成鲜明对比。贾琏为何如此郁闷？书中说得很清楚："那个贾琏，只离了凤姐便要寻事，独寝了两夜，便十分难熬"，想到"送宫花贾琏戏熙凤"里周瑞家的隔窗听到的那阵笑声，原因不难懂得。

当然贾琏也自有办法："暂将小厮们内有清俊的选来出火"，之后又搭上了多姑娘。俩人欢好之际，多姑娘说："你家女儿出花儿，供着娘娘，你也该忌两日，倒为我脏了身子。快离了我这里罢。"贾琏喘吁吁地答道："你就是娘娘！我那里管什么娘娘！"看到这段，真替凤姐悲哀。她的一番虔诚，都是白忙活。

我曾写过，贾琏是个暖男，但是暖，不等于有爱。没有怎么得到过父爱的贾琏，总有一种淡淡的丧，对于女儿也淡，心中禁忌全无。对照被父亲深爱过的凤姐，可知爱真是个可以传承的东西。

第四辑

理解悲伤

"水性荡妇"还是"贞洁烈女",哪个尤三姐更精彩?

【一】

打小看《红楼梦》,手边是一套人民文学出版社出的三卷本,后来又买了一套中华书局的,发现文字间差异不小。琢磨了一下,才知道我看的那套前八十回以庚辰本为底本,中华书局这套以程甲本为底本。

把庚辰本和程甲本说清楚,是个挺麻烦的事儿。反正就是庚辰本属于脂本体系,共78回,发现于1760年,系手抄而成,是目前发现的脂批最全的一个版本。程甲本共一百二十回,是1791年高鹗与程伟元所做的木刻本,1792年他们在这个基础上进行修订,出版了程乙本,系程高本体系。

脂本与程高本孰优孰劣,见仁见智。周汝昌等红学家力推庚辰本,视后四十回续作为狗尾续貂;白先勇则认为程乙本比庚辰本好,说后四十回只怕也是出自曹雪芹之手,"世界上的经典小说,至今还没有一本是由两位或两位以上的作者写成的。从小说创作的角度来看,《红楼梦》后四十回与前八十回风格并没有太大区别。"《红楼梦》前大半部是写贾府之盛,文字当然应该华丽。后四十回是写贾府之衰,文字自然比较萧疏。这是应情节的需要,而非功力不逮。"

萧疏或是华丽,都是个人感受,可以放到一边,倒是白先勇又说到庚辰本有三个"问题",我觉得很有意思。《红楼梦》的阅读史,果然是个人的心灵史,所接收与体会到的,都与个人对于生活的认知与感悟有关。白先勇认为有"问题"的三点,恰恰是我觉得大可玩味处。

这三点分别是:"尤三姐到底是水性淫荡之人"还是"贞洁烈女";"宝玉到底是怜惜晴雯还是有心讽刺";秦钟到底"是禄蠹,还是情种",每一点都可以写一大篇文章。这里先说尤三姐。

【二】

白先勇比较了两个版本对于尤三姐的刻画,认为"'庚辰本'这一回却把尤三姐写成了一个水性淫荡之人,早已失足于贾珍,而'程乙本'写得合情合理,三姐与贾珍之间并无勾当"。

这是在第六十五回,贾琏已经收了尤二姐做二房,租了房子。贾珍听说贾琏不在,跑来厮混。程乙本说贾珍是冲着尤二姐来的,只是"二姐儿此时恐怕贾琏一时走来,彼此不雅,吃了两盅酒便推故往那边去了。贾珍此时也无可奈何,只得看着二姐儿自去"。

剩下贾珍、尤老娘和尤三姐,气氛很沉闷:"那三姐儿虽向来也和贾珍偶有戏言,但不似她姐姐那样随和儿,所以贾珍虽有垂涎之意,却也不肯造次了,致讨没趣。况且尤老娘在旁边陪着,贾珍也不好意思太露轻薄。"

庚辰本里却完全不同,"当下四人一处吃酒。尤二姐知局,便邀他母亲说:'我怪怕的,妈同我到那边走走来。'尤老也会意,便真个同他出来,只剩小丫头们。贾珍便和三姐挨肩擦脸,百般轻薄起来。小丫头子们看不过,也都躲了出去,凭他两个自在取乐,不知作些什么勾当。"

你看,贾珍明摆着是冲着尤三姐来的,并且以前就有瓜葛,尤二姐和尤老娘都清楚这一点。

除此之外,在庚辰本里,贾蓉和尤三姐抢"砂仁吃,尤三姐嚼了一嘴渣子,吐了他一脸,贾蓉用舌头都舔自吃了"。人民文学版的倒从各本把这句改成了尤二姐,只是让尤三姐奋勇上来撕贾蓉的嘴而已,作风也还比较泼辣。

程乙本里,嚼渣子的是尤二姐,对于这荒唐场景她根本没看:"尤三姐便转过脸去,说道,等姐姐来家再告诉她"。贾蓉还在胡言乱语,讲些荣国府的八卦,尤三姐干脆沉了脸,走到里间喊母亲起床去了。

贾蓉告诉尤老娘,父亲准备给两位姨娘寻个好姨爹,尤老娘当了真,连忙追问时,庚辰本里这两姐妹"丢了活计,一头笑,一头赶着打",即便算不上打情骂俏,起码不像程乙本里那么端庄:"三姐儿道:'蓉儿,你说是说,别只管嘴里这么不清不浑的!'"

提个"姨爹"就觉得被冒犯了,矜持有如深闺淑女。

总之,程高本里尤三姐有礼有节,如一朵出污泥而不染的白莲花,不向贾珍这样的恶势力低头,被心上人误解了就拔剑自刎,活得像个传奇,又美又刚烈。

尤三姐可不可以是这样一个人?当然可以,但我总觉得,庚辰本里那并非白莲花的尤三姐更加丰富,也更耐人寻味。假如说程高本里的尤三姐更符合男性期待,庚辰本里的尤三姐就更能为女性所理解。

【三】

庚辰本里点明尤三姐和贾珍有旧,那么他俩到底有怎样一种过往?

尤三姐是贾珍妻子尤氏的妹妹,但她们并无血缘关系,尤三姐的母亲带着两个女儿成为尤氏的继母,尤家能够接纳一个带着两个女儿的寡妇,估计也不是多么高的门第,起码跟贾家不能同日而语。当这对出自寒门的姐妹花,遇上没有底线的贾珍、贾蓉父子,就产生了某种奇妙的化学反应。

当然,贫穷不应该成为放任自己的理由。《红楼梦》里就有像邢岫烟这样荆钗布裙清寒自守的姑娘。但是,首先,尤氏姐妹惊人的美貌,会让她们受到更多诱惑;其次,邢岫烟曾在妙玉的指点下识字和阅读,对于人生,从一开始就有更开阔的视野。而尤氏姐妹，她们唯一的庇护就是尤老娘，很容易跟着直觉走，踏上华丽刺激的路途。

从后面尤三姐的刚烈看，贾珍一开始不大可能对她用强的，更有可能是她内心对于世界的好奇，与他的居心叵测合谋。

苏联小说《日瓦戈医生》里，拉拉在年轻的时候被她母亲的情人诱惑，一开始她是快乐的。"女孩感到得意的是，一个头发开始灰白的漂亮男人，一个在集会上被人鼓掌、在报上受人评论的男人，居然在她的身上花钱花时间，居然带她去音乐会和剧院，居然告诉她他崇拜她，而且要'栽培她'。"

"（老情人）在众目睽睽之下，在歌剧院的包厢里和她亲热，那种大胆的作风让她迷惑，而且挑逗得她心灵深处沉睡的小妖精抬起头，想模仿他的狂热大胆。"

她想征服世界，老男人是世界特意为她打开的大门。美丽敏感的人，机会与勇气都比别人更多。然而，《日瓦戈医生》中又写道："一阵淘气的、女孩子气的迷恋很快就成为过去了。一种因自责产生的抑郁和恐怖开始笼罩了她……他是她生命中的克星，她恨他。"

老情人有时带她去饭店吃饭，"当她进去的时候，那儿的侍者和客人们简直要用他们的视线剥光她"。

她这时才知道自己到底经历了什么。

尤三姐是否也有这样的时刻，发现那个游戏并不好玩？在男性社会里，只有男人是玩家，女性不过是消费对象。她是否也有相似的恨意，恨他曾经诱惑和掌控自己，也恨他以及整个男性世界对自己的轻贱。

如此一来，就不难理解，为什么她在贾珍面前，会那么狂放，又那么凄厉。狂放，是因为贾珍像拉拉的老情人一样，太强大了。性感，是她唯一的资本，她以此与这个男性世界对峙，诱惑他们也嘲笑他们，看着他们穷形尽相，感到快乐，也感到悲哀。

【四】

尤二姐无法理解妹妹的感受，从了良的她，只觉得像尤三姐这样放纵下去怎么是个了局呢？贾琏急她所急，答应帮她劝尤三姐跟了贾珍，他们都觉得这是对尤三姐最好的安排。

当贾琏试图用玩笑打破僵局，尤三姐并不领情。她无意于嫁给贾珍，很清楚这些男人不过仗着有几个臭钱，把自己和姐姐当粉头取乐。既然是这样，那干脆撕下遮羞布，敞开来玩吧。她把话说到底，倒显得贾琏和贾珍两个道貌岸然，他们想要溜走，尤三姐又不放。

尤三姐索性敞亮到底，庚辰本里写道："这尤三姐松松挽着头发，大红袄子半掩半开，露着葱绿抹胸，一痕雪脯。底下绿裤红鞋，一对金莲或翘或并，没半刻斯文。两个坠子却似打秋千一般，灯光之下，越显得柳眉笼翠雾，檀口点丹砂。本是一双秋水眼，再吃了酒，又添了饧涩淫浪，不独将他二姊压倒，据珍琏评去，所见过的上下贵贱若干女子，皆未有此绰约风流者。"

这一段里的尤三姐实在是太有魅力了，不但美，艳压"上下贵贱若干女子"，更有她眼神里的"饧涩淫浪"——翻译成现在的话，大约可以叫做"骚浪贱"。风情、欲望、破罐子破摔式的追欢寻乐，她简直是拿生命在玩，难怪贾珍、贾琏如此倾倒。

竭力塑造她白莲花形象的程高本里也有，只是字句上有所差别："只见这三姐索性卸了妆饰，脱了大衣服，松松挽着头发，身上穿着大红小袄，半掩半开的，故意露出葱绿抹胸，一痕雪脯，底下绿裤红鞋，鲜艳夺目。忽起忽坐，忽喜忽嗔，没半刻斯文，两个坠子就和打秋千一般。灯光之下，越显得柳眉笼翠，檀口含丹，本是一双秋水眼，再吃了几杯酒，越发横波入鬓，转盼流光。"

这里"一对金莲或翘或并，没半刻斯文"，也许珍视她的脚多过胸，显示这个尤三姐的风骚是存心的，故意以这种方式来羞辱贾家兄弟，并不着意于自个取乐，所以没有那么强的节奏感。"饧涩淫浪"变成了"横波入鬓，转盼流光"，文字文雅了，感染力差远了。

庚辰本里尤三姐戏耍男人，自己也从中找乐子，她对好言相劝的尤二姐说："姐姐糊涂，咱们金玉一般的人，白叫这两个现世宝沾污了去，也算无能。而且他家有一个极利害的女人，如今瞒着他不知，咱们方安。倘或一日她知道了，岂有干休之理，势必有一场大闹，不知谁生谁死。趁如今我不拿他们取乐作践准折，到那时白落个臭名，后悔不及。"

这段程乙本里也保存了，只是将"不知谁生谁死……后悔不及"

变成了"你二人不知谁生谁死,这如何便当成安身乐业的去处?",削弱了尤三姐的凄厉感。再有,如果只是尤二姐从前不甚"清白",除了嫁给贾琏,她其实并无更好的出路,如今尤二姐打定主意和贾琏安生过日子了,尤三姐的乖戾就显得戏太多:

"略有丫鬟婆娘不到之处,(尤三姐)便将贾琏、贾珍、贾蓉三个泼声厉言痛骂,说他爷儿三个诓骗了她寡妇孤女。""天天挑拣吃穿,打了银的,又要金的,有了珠子,又要宝石,吃的肥鹅,又宰肥鸭,或不趁心,连桌一推,衣裳不如意,不论绫缎新整,便用剪刀剪碎,撕一条,骂一句,究竟贾珍等何曾随意了一日,反花了许多昧心钱。"

但如果尤三姐与贾珍曾有瓜葛,就合理很多。尤二姐貌似终身有靠,其实命如蝼蚁。尤三姐和姐姐同命相怜,从姐姐身上看到自己的未来,知道如她们这样的女子,归根结底为这世道所不容,才有这种厉鬼般的怨气。

【五】

想要嫁给柳湘莲这件事,乍一看挺诡异。尤三姐只是五年前在人群里多看了他一眼——她姥姥过生日,家里请了些玩票的人,柳湘莲当时也在。但柳湘莲并不知道尤三姐的存在。当然,一见钟情这种灵异事件偶尔是会出现的,可是尤三姐为何在钟情五年之后、都听说他惹了祸远走高飞了,突然提出要嫁给他?

柳湘莲打动尤三姐的是什么？除了他长得足够好，也许，是他的"出污泥而不染"。书中说柳湘莲这个人，眠花宿柳无所不为，又喜欢串戏，且爱串生旦风月戏文，很容易被人误认作优伶一类。薛蟠就曾这么不长眼，招来一顿暴打——在那个年代里，睡女人不算污，睡男人也不算污，被男人睡了才叫污。

柳湘莲洁身自好，拒绝被消费，他如此强大，也应该能给自己以救赎吧。这也许是尤三姐一心要嫁柳湘莲的原因，是她绝望中的挣扎，也是她的自救之道。可惜，柳湘莲虽然花容月貌，却是直男思维，择偶标准是第一要绝色，第二要贞洁。尤三姐并不是他理想的人。

柳湘莲的拒绝，是命运的釜底抽薪，至此，她知道这世上再无自己的容身之地，心高气傲如她，不愿再忍辱偷生，这样的死，比程乙本里仅仅因为被心上人误解和拒绝就愤而自杀，要深刻得多。

在庚辰本里，她死去之后，托梦给姐姐，说："姐姐，你终是个痴人。自古'天网恢恢，疏而不漏'，天道好还。你虽悔过自新，然已将人父子兄弟致于麀聚之乱，天怎容你安生。"每次看到这句沉痛之语，都觉得恻然。尤三姐固然是说尤二姐，何尝不认为自己也是遭了大谴的人？

在这句话之前，尤三姐还曾说："你我生前淫奔不才，使人家丧伦败行，故有此报。"在程乙本里，却改成了"你前生淫奔不才"，大不合情理。如若单是尤二姐一个犯了"淫"，她都这样了，何必还托梦来打她的脸?

　　庚辰本里，尤三姐讲述的是两个人共同的命运。爱情不是她的致命伤，毁了她的，也不是贾珍或是贾琏，而是那个更加强大的男性社会的道德观。男人回忆年少时的荒唐，常常视为青春必修课，女人要是有类似的经历并且也做同样的理解，就会被视为荡妇，最要命的是，她们内心也会屈从这种认知，以各种方式，想逃出这种定位，一旦失败，就会雪上加霜。

　　相对于程乙本的黑白分明，庚辰本里讲述的尤三姐的一生，更让人一言难尽。

【六】

　　即使不从叙事上看，单看文字，我个人觉得，庚辰本也比程高本要好。试举一例，贾珍来访时，尤二姐十分不安，怕贾琏发现她此前和贾珍的关系。偏偏贾琏突然又回来了，在庚辰本里，他这样安抚尤二姐："前事我已尽知，你也不必惊慌。"

　　程乙本里，换了几个字，贾琏说："你前头的事，我都知道了，你不必惊慌。如今你跟了我，大哥跟前自然要拘起形迹来了。"

　　"前事我已尽知"和"你前头的事，我都知道了"，前者给尤二姐留着面子，后者就说得赤裸裸的，"大哥跟前自然拘起形迹来"，仿佛是唯恐尤二姐不脸红。更为粗鄙的还有："不如叫三姨儿也和大哥成了好事，彼此两无拘束，索性大家作个通家之好。你的意思怎么样？"

贾琏这个人虽然经常乱搞，但言谈举止都还是大家公子的风范，要不然贾母也没法放心让他送林黛玉回江南，这段话里，却根本就是薛蟠似的粗蠢。似这样的对比，在庚辰本和程高本里还有很多。个人总有偏好，这个是没问题的，但下判断就说某个版本更好，总是不太好，对于像《红楼梦》这种很容易在阅读中融入个人体验的书，尤其不相宜。

红楼二尤的故事,被张爱玲改成了诱奸案

【一】

张爱玲十几岁时,写过一篇总共五回的《摩登红楼梦》,放在现在,大概算是同人文了。

该小说通篇恶搞,引入时事。比如写宝玉和黛玉准备出国留学,临走又闹翻了,宝玉只得一个人出去了;又写贾琏靠贾政抬举,弄了个铁道局局长的差事,贾琏心花一朵朵都开足了,感慨:"这两年不知闹了多少饥荒,如今可好了……"

有意思的还有,张爱玲写道,"贾珍带信来说尤二姐请下律师要控告贾琏诱奸遗弃,因为贾琏'新得了个前程,官声要紧',打算大大诈他一笔款子"。

这就太颠覆了,在小说里,直到最后,尤二姐对于贾琏都是怨而不怒的,就算是尤三姐,托梦给尤二姐的时候,也是手持鸳鸯剑,要她"斩了那妒妇,一同归至警幻案下,听其发落",都没说要把贾琏怎么样。但循着文中思路一想,这样一场悲剧与闹剧,始作俑者可不就是贾琏。

王熙凤虽然狠毒，但与尤二姐原本井水不犯河水。是贾琏，明知道王熙凤心狠手辣，却将尤二姐一步步地诱入险境。

尤二姐和贾琏在为贾敬办丧事时相识，贾琏看上了尤二姐的绝色。可是尤二姐不是多姑娘或者鲍二家的，拿两块银子、两匹缎子就能搞定，她姐姐尤氏能嫁给宁国府的大爷贾珍，她再怎么着，也不可能给贾琏当个名不正言不顺的外室。

为了哄得尤二姐入彀，贾琏托贾蓉跟她说，"目今凤姐身子有病，已是不能好的了，暂且买了房子在外面住着，过个一年半载，只等凤姐一死，便接了二姨进去做正室。"

后来在枕边，贾琏重申了这一说法，书中写道，"将凤姐素日之为人行事，枕边衾内尽情告诉了他，只等一死，便接他进去"。

在关于《简·爱》的一篇文章里，我曾写，很多男人婚内出轨时，都会对新人说：我的妻子是个疯子。出轨因此变得合理，新人认为自己不是疯子，一定不会被背叛。说自己老婆得了绝症，是另外一种套路，这意味着，这个绊脚石不久就会从我的生活里消失，由你取而代之。

是恶毒了点，但贾琏从来都是不信邪的人，他女儿出天花必须斋戒，他都能跟多姑娘乱搞，说凤姐快死了在他心中大概也算不得诅咒。现在的人，则犯不上红口白牙地咒自己老婆，只消一句"正在协议离婚"，就能解决这段感情的合法性。

但问题是，贾琏那样说，也得尤二姐相信啊。与贾琏口中凤姐之死迫在眉睫不同，贾琏的小厮兴儿将凤姐描述得威风凛凛，生命力极其强盛的样子:"嘴甜心苦,两面三刀;上头一脸笑,脚下使绊子;明是一盆火,暗是一把刀:都占全了。只怕三姨的这张嘴还说他不过。奶奶这样斯文良善人,那里是他的对手!"哪像一个快要死的人?

兴儿还清楚明了地告诉尤二姐,千万不要去见王熙凤,一辈子都不要见才好。这真是情急之下的肺腑之言了,尤二姐却完全没当一回事。

【二】

是尤二姐太蠢吗?她确实也不怎么聪明。但是,她所以更相信贾琏的话而不是兴儿的话,还是因为她无路可走,将嫁给贾琏视为最好的归宿。

在当时,尤二姐是个尴尬的存在。她曾订有一门亲事,被父亲指腹为婚,许给皇粮庄头张家的儿子,原本也算门当户对。奈何风云多变,张家遭了官司败落,尤二姐的母亲带着两个女儿改嫁到尤家,她的人生忽然变得不确定起来。在认识贾珍之后,更是偏离既有轨道,走上茫然的路途。

尤氏姐妹生得美,却没有受过什么教育,在男权主导的社会里没有父兄保护,一旦进入贾珍们的生活圈子,必然如三岁小儿持金过市,遭遇被觊觎和抢掠的命运。只是,在混沌的少女时代,她们甚至还不如三岁小儿,并不知道自己正在被掠夺,直到年龄渐长，适婚年龄将过，她们认真面对未来，才发现她们已然置身于混乱中。

见识过宁国府的富贵，尤二姐不可能再嫁给"穷极了"的张华，但豪门也不可能接纳她。虽然兴儿认为宝玉要不是有了黛玉，和尤三姐是一对，但用脚指头想想，也知道这不过是句恭维话。贾母请张道士给宝玉物色人选时，是说只要模样好就行，但看看王夫人、王熙凤乃至于贾母本人，就知道像这样的豪门择妻时不可能不考虑背景的。

当然，也可以像邢夫人和尤氏这样作为填房嫁进去，但是哪有那么现成的人选不说，尤家这对姐妹也不像邢夫人和尤氏那样身世清白。虽然说，贾珍父子与她们一同追欢逐乐，处境更为强势的贾珍应该背负更多责任，但男权主导的社会只会骂女人是狐狸精。

尤二姐和尤三姐，不觉中承担了男性社会加诸她们身上的双重负担。首先被消费，然后被唾弃，这时冷不丁地来个贾琏，尤二姐哪还有工夫去思度与甄别。

即使是王熙凤身体状况良好地出现在她面前，她也没想起与贾琏对质，还跟王熙凤倾心吐胆地叙了一回，把王熙凤当成知己——所谓谬托知己，不过如此了。

苦尤娘被赚入大观园，王熙凤立即展现了她的强势存在。贾琏搭上新欢，干柴烈火，如胶似漆，也顾不上她了，昔日誓言，俱化作云烟。尤二姐唯一的希望，寄托在腹中胎儿上。当这个孩子被一位突然冒出来的胡太医以虎狼之药打掉,尤二姐再没了盼头,吞金自尽。

直到死,尤二姐对贾琏都没有一句怨言。她的表现很有代表性,历来即使女人被欺骗辜负,能如霍小玉那样发出"我死之后必为厉鬼者"的诅咒者甚少,更多的故事里,都如《莺莺传》里的崔莺莺那样无怨无悔:"始乱之,终弃之,固其宜矣,愚不敢恨。必也君乱之,君终之,君之惠也;则殁身之誓,其有终矣,又何必深感于此行?"

即使是霍小玉,对于李生的报复也是:"使君妻妾,不得安生!"报复对象还是女人。

【三】

凤姐似乎也成了尤二姐唯一的施害者,贾琏虽然抱着尤二姐的尸体大哭,说:"都是我坑了你!"但末了还是说:"我忽略了,终久对出来,我替你报仇。"从贾蓉遥指大观园要他小声点看,他差不多已经知道"真相",并且把凤姐当成了真凶。

但问题是,尤二姐是天真之人没错,但是天真并不能消除她对王熙凤的威胁,即使她并无此意,一旦真的生下儿子,王熙凤在贾琏面前,在荣国府的地位就真的很难说了。王熙凤以攻为守,也是被逼的。

贾琏是个聪明人,跟凤姐过了这么多年,对她的脾气不是不清楚，还将尤二姐带入险地就是错，带进去之后，又弃之不顾，更是错上加错。凤姐虽狠，那三招两式也算不上什么奇谋，但凡贾琏细心一点，略略顾及尤二姐一点，她都不会死得那么惨。

在尤二姐事件里，没有谁是无过错的，但凤姐和尤二姐都是被动的，在其中都饱受摧残折磨，贾琏则是发起者，是完全的获利者，他怎么能把自己择得那么干净呢？连平儿都对他不无同情。只能说在男权主导的社会里，男人活得太爽了。

而十几岁的张爱玲的戏说，却触及了实质，把通常人们所以为的"争风吃醋"还原成"诱奸遗弃"，被告从王熙凤变更成了贾琏。又写贾琏手头紧，无法筹款，只好去找贾珍借，贾珍也没有钱，"挪了尤氏的私房钱给他"，不知道这个经济官司最后又是怎么打的。但终于想到诉诸法律，也算是一种进步。

若你羡慕过曾经不屑的人，你会理解宝玉的悲伤

白先勇认为《红楼梦》庚辰本不如程乙本，还有个理由是，在庚辰本里，宝玉的好基友秦钟临终前叮嘱宝玉："以前你我见识自为高过世人，我今日才知自误了。以后还该立志功名，以荣耀显达为是。"

白先勇先生认为这很奇怪，"这段老气横秋、立志功名的话，恰恰是宝玉最憎恶的。"

他说："'庚辰本'中秦钟临终那几句'励志'遗言，把秦钟变成了一个庸俗'禄蠹'，对《红楼梦》有主题性的伤害。'程乙本'没有这一段，秦钟并未醒转留言，曹雪芹不可能制造这种矛盾。"

乍一看确实如此，宝玉一向最讨厌这种"心灵鸡汤"，即使是他本来很喜欢的史湘云，劝他"会会这些为官做宰的人们，谈谈讲讲些仕途经济的学问，也好将来应酬世务，日后也有个朋友"，宝玉也立即翻脸，说："姑娘请别的姊妹屋里坐坐，我这里仔细污了你知经济学问的。"

袭人赶紧开解道,上次宝姑娘也这么说了一回,他咳了一声,拿起脚就走了,"……幸而是宝姑娘,那要是林姑娘,不知又闹到怎么样,哭的怎么样呢。"

就是这当口,宝玉说:"林姑娘从来说过这些混帐话不曾?若他也说过这些混帐话,我早和他生分了。"黛玉隔窗听见,心里震动非常,欣慰自己果然没看错,宝玉是个知己。

宝玉当然不是厌学,只是跟那些最终通向仕途经济的学问比起来,他更爱天上的鸟地上的鱼,爱花开花落,以及那些如花般美丽脆弱的女孩的一颦一笑,他讨厌坚硬又无聊的成人世界,对于官场上的客套敷衍,尤其深恶痛绝。

宝钗多劝了他几句,他就这样感慨:"好好的一个清净洁白女儿,也学的钓名沽誉,入了国贼禄鬼之流。这总是前人无故生事,立言竖辞,原为导后世的须眉浊物。不想我生不幸,亦且琼闺绣阁中亦染此风,真真有负天地钟灵毓秀之德!"

通篇都是这种调调的《红楼梦》,怎么突然借秦钟之口道出这种"正能量"来?白先勇觉得奇怪也很正常。

但有位专栏作家有个说法,通俗小说就像一个收拾得井井有条、没有杂物的房间,"我们不会像在阅读其他小说时那样磕磕绊绊,经常要纳闷,这是什么意思?老天爷,他写这个,到底是什么意思?"通俗小说会让你正中下怀,处处舒服熨帖,但《红楼梦》显然不是。

它时不时地显示某种错乱感,比如人物的年龄等,这大概因为作者虽然批阅十载、增删五次,但终有些地方或者不够留心、或者觉得无伤大雅，要留待完全成形之后再处理；更有一些，则体现了作者内心矛盾，那就是到最后他也并没有想清楚人究竟该如何度过这一生。

开篇第一回，作者即有悔过之语，说自己风尘碌碌，一事无成，又说"自欲将已往所赖天恩祖德，锦衣纨绔之时，饫甘餍肥之日，背父兄教育之恩，负师友规训之德，以致今日一技无成、半生潦倒之罪，编述一集……"

等下，你不是最看不上那些父兄师友之教训吗？不是从不把混得好当成一回事的吗？难不成曹公这里是反讽？

我曾经以为是，后来不这么想了，还原一下曹公当时的处境，茅椽蓬牖、瓦灶绳床还在其次，最关键的是，曹家历尽劫波到了这一步，他和他的亲人该经历多少颠沛流离，他不可能不被触动，有些人可能都已经不在了，让身为男儿的他无法不生出幸存者内疚来。

虽然这一切不是他造成的，但是，如若他看到，若自己够努力，就能在一定程度上让亲人少受点罪，那种悔恨就会来得更强烈。在《红楼梦》里，多有暗示，贾兰就是现成的例子。

贾兰是贾宝玉早逝的哥哥贾珠的遗腹子，寡母李纨将他抚养成人，这个孩子敏感而早熟，落落寡合，合家团聚之时，若是没有长辈相邀，他也不会主动前往，因此被众人笑个心古怪。

这个性，注定他不会太讨喜，他的不讨喜，又使他更加孤僻。他明明是宝玉的亲侄子，却总是和贾环在一起，爱学习的他，和不爱学习的贾环未必性情相投，他们的友谊建立在同为边缘人物的寥落上。

贾兰没有宝玉那种富N代的悠游与淡淡的厌倦感，倒像个指望通过学习改变命运的寒门学子。宝玉跟这个侄子不甚投缘，俩人直接交集是在第二十六回，宝玉在调弄了一会儿雀儿，看了一回金鱼之后，遇到正拿着小弓追小鹿的贾兰。

宝玉说："你又淘气了。好好的射他作什么？"贾兰笑道："这会子不念书，闲着作什么？所以演习演习骑射。"宝玉道："把牙栽了，那时才不演呢。"

贾兰那个小弓未必有多少杀伤力，但对于这些小动物，他没有贾宝玉那种温情，这不是善良与否，是不同的人生态度。贾兰争分夺秒地打磨自己，老师在就读书，老师不在就练习骑射，万物皆为我所用，宝玉更在意的，是与这世界的互动。他无意统一这个侄子的三观，只以半开玩笑的方式表达了不以为然。

但是当风险袭来，贾兰的生存方式明显更有保障，"桃李春风结子完，到头谁似一盆兰"，李纨终因这个儿子逃开倾覆之灾，属于她的画卷上，是"一位凤冠霞帔的美人"，更证明李纨母因子贵。

虽然接下来还有两句"如冰好水空相妒，枉与他人作笑谈"，曲子里亦说她"带珠冠，披凤袄，也抵不了无常性命"，不知道说的是李纨早逝还是贾兰早逝，但不管谁早逝，都与贾兰的成功没有因果关系，相反，体面堂皇地死去，对于李纨来说，未必不强似颠沛流离。

也许，这世上最可悲的事，不是你变成了自己曾经最讨厌的那类人，而是你想做自己曾经最看不上的那类人而不得。

在那场大劫难中，曹公一定看到更多的跌宕起伏，即便曾如宝玉般不更事的他，也不难发现，不够优雅精致有情调的人，往往有着更强的生命力，比如小红，比如贾芸，比如贾兰，他们的现实感，能够救助自己和家人于危难中，那么，他就很难不做出反省，这天灾虽不可逆，但若是未雨绸缪，是不是也有可能将伤害稍稍降低一点？

秦可卿临死前托梦给王熙凤，就是曹公的一种自我反省。

秦可卿和王熙凤是闺蜜，之前俩人说的都是女人间的贴心话，临死前，以性感为主要标签的秦可卿突然托梦给王熙凤，建议家族在祖茔附近购置土地屋舍，将来还能退守为耕读之家，毕竟眼前的"鲜花着锦烈火烹油"抵挡不了无常二字。

秦可卿死前，会向闺蜜王熙凤提出家族整体规划上的调整，那么秦钟在弥留之际，忠告基友宝玉改弦易辙便不足为奇。

试图让命运改道的还不止这两位。宝玉的祖父荣国公为家族整体利益计，也特地请求警幻仙子想个办法将他规引入正，帮他戒除那"天分中生成一段痴情"。

警幻仙子的办法"很黄很暴力"，先是把宝玉送到一位乳名兼美的姑娘床前，"密授云雨之事"，宝玉刚刚领略其中妙处，便有夜叉海鬼，要拽他入迷津，以此暗示宝玉，欲念即迷津，跟贾瑞那个风月宝鉴反面是凤姐、正面是骷髅一个道理。

前十六回里，宝玉和黛玉正儿八经的对手戏没几回，更多的情节是朝这"规引入正"的路子上走，然而这所有的做法都是无效的。

梦想着能永保富贵的王熙凤将秦可卿的建议抛到脑后；宝玉也没有被恶心到，反而尝到了甜头，醒来之后又拉袭人行"警幻所训之事"；那个贾瑞，更是悟不透"美女即是骷髅"，愣是把自己给作死了。

说到底，还是欲望太有力。有良心的写作者，写不了"幡然醒悟，洗心革面"的鸡汤，即使你知道，欲望会让人万劫不复，满心打算进行深刻的自省，但随着笔触的深入，还是会写出那欲念之迷人、之令人身不由己。

曹公的笔触继续向记忆深处穿越，华丽往事纷至沓来，他爱过的那些女子，栩栩如生地呈现于他的笔端，那些温柔的情感与情绪，此刻忆起依旧怦然，眼前的磨难，似乎算不了什么了。像甄宝玉所言，即使挨了打，喊着"姐姐妹妹"就没有那么痛，像是贾宝玉所言，便"为这些人死了，也是情愿的"。

这也许是每个人的纠结，你想放荡不羁爱自由，只要"花花草草由人恋，生生死死随人愿"，但这种恣意任性，无法护佑自己和家人的安全。在某些痛感无力的时刻，你悔不当初，恨不能扇自己一个耳光，觉得曾经的自己，真是一个混蛋，但是当你穿越回过往，发现，即便时光倒流，你还是会身不由己地做那么一个混蛋。

悔恨与缅怀，是隐藏在《红楼梦》里的两根线。曹公会透过刘姥姥的目光写荣国府的奢华，也会以荣国府为背景，写刘姥姥的强韧与强大；会写大观园的如诗如画，也会写修建这个大观园是对荣国府经济的致命一击；会写晴雯撕扇时可爱的放肆，也会写她被撵回家之后，着急地讨要一杯粗茶，宝玉心里感慨："往常那样好茶，他尚有不如意之处；今日这样。看来，可知古人说的'饱饫烹宰，饥餍糟糠'，又道是'饭饱弄粥'，可见都不错了。"

白先勇先生对于这一段也大有意见，说"此时宝玉心中只有疼怜晴雯之意分，哪里还会舍得暗暗批评"。但窃以为，这说的固然是晴雯，更是一个敏感者的自警，宝玉不是琼瑶男主角，他多情，但也有大无情，能够倾心相与，但也冷静戒备，对于世界的认知是立体的，所以才会这边还悲悲戚戚地做《芙蓉女儿诔》，那边被黛玉一调侃，就"不觉红了脸"，跟黛玉推敲起词句来，这岂不比那个内心独白更加无情？

大师不煽情，不取悦读者，有时还冷酷得让人心惊，让人想对他嚷嚷：你怎么可以这样！但他就这样了，你也只能接受，就像接受并不是为你量身打造的生活。

庚辰本白描多于表态，在呈现的基础上表达，到处是线头，是不打算收拾得太精致的毛糙感，也是不打算掩饰什么的坦然；它也总处于矛盾中，无法给读者一个终极的道理，可是道理撑不起一整个世界，不能阻止我们一再的荒腔走板，庚辰本把一个原生态的世界推向读者，这正是我喜欢它的缘故。

这不是我要读的《红楼梦》后四十回

【一】

一直不愿意谈后四十回，萝卜青菜，各有所爱，甲之熊掌，乙之砒霜，我尊重别人喜欢后四十回的权利。但是，前几天看到有人言之确凿地说我肯定后四十回，惊呆之余，想：要么就说说对后四十回的看法吧。

张爱玲说，她当初看到第八十一回，忽然觉得"天日无光，百样无味"，像是"进入了另外一个世界"，不是跟张爱玲套近乎，我当初看到第八十一回，也是立即觉得哪里哪里都不对。

开头就说到宝玉见迎春被丈夫欺辱，愤懑伤感，跟他妈王夫人说："昨儿听见二姐姐这种光景，我实在替他受不得。虽不敢告诉老太太，却这两夜只是睡不着。我想咱们这样人家的姑娘，那里受得这样的委屈。况且二姐姐是个最懦弱的人，向来不会和人拌嘴，偏偏儿的遇见这样没人心的东西，竟一点儿不知道女人的苦处。"

咦，宝玉跟他妈也能谈心？前八十回里，他们是典型的中国式母子,王夫人会把宝玉搂在怀里摩挲,视之如命,牵肠挂肚,却不愿意对他的内心有一丝了解。宝玉在母亲面前也是会撒娇的,但从无交流的欲望。他们是最熟悉的陌生人,亲昵,但不觉间默默留出距离。

他也不会说咱们这样人家的姑娘,哪里受得住这样的委屈,宝玉对于寒门陋巷的姑娘都有尊重爱惜之意,谁家的姑娘当此境遇,他都会不忍。

而高鹗笔下的宝玉又进一步提出:"我昨儿夜里倒想了一个主意:咱们索性回明了老太太,把二姐姐接回来,还叫他紫菱洲住着,仍旧我们姐妹弟兄们一块儿吃,一块儿顽,省得受孙家那混帐行子的气。等他来接,咱们硬不叫他去。由他接一百回,咱们留一百回,只说是老太太的主意。这个岂不好呢!"

这不是宝玉。前八十回里,宝玉只是不弄世故,并非不谙世故,他早已知道世间有许多大无奈之事,人力不可回天,所以对于迎春出嫁、香菱受辱、晴雯逝去,他都只是一声叹息。司棋被驱逐时,哭着求他去求太太,宝玉回复她说:"我不知你作了什么大事!"是一句再明显不过的拒绝,并非他无情,是他知道求也没有用。

宝玉智商掉线已经怪异,贾母这个老祖宗的失言更让人意外。她和凤姐、王夫人谈及马道婆给宝玉、凤姐扎小人一事,说:"焉知不因我疼宝玉不疼环儿,竟给你们种了毒了呢。"

一个有成色的老祖母,即使行为有所偏重,言语上依然要显得一视同仁。贾赦说他偏心,她都要奋力驳回。贾环虽然是赵姨娘所出，名义上却是王夫人的孩子，贾母若这样随口乱说，太有损她的母仪风范了。

好吧，贾母可能是老糊涂了，那么宝钗呢？她派去给黛玉送蜜饯荔枝的老婆子，居然敢将黛玉一打量，对袭人说："怨不得我们太太说这林姑娘和你们宝二爷是一对儿，原来真是天仙似的……这样好模样儿，除了宝玉，什么人擎受的起。"

老婆子里也许有不懂事的，可是，连宝玉屋里小红的性情都了如指掌的宝钗，会派这样一个疯疯癫癫的老婆子给黛玉送蜜饯荔枝？前八十回里，宝钗派来给黛玉送燕窝的那老婆子，虽然是个赌鬼，言语何等得体。

变笨似乎是可以传染的，这老婆子说着蠢话就走开了，旁边的袭人说："怎么人到了老来，就是混说白道的，叫人听着又生气，又好笑。"袭人有必要接这个话茬吗？装听不见不就可以了？她跟黛玉有这么不见外吗？

我只是翻翻前两回，就见众人个个智商捉急，再朝后翻，连王熙凤都不够使了，偏偏作者还要表现她的神机妙算。

第九十五回，宝玉屋前的海棠花在十一月间莫名其妙地开了，然后宝玉的玉莫名其妙地丢了，丫鬟们纷纷解怀自证清白，双商超高的平儿居然去问贾环有没有瞧见……就在这乱哄哄的当口，宝玉莫名其妙地病倒了，病得半死不活的，贾母就张罗着要娶个金命的人来给他冲喜，当然就是宝钗了。

袭人却知宝玉属意黛玉，怕宝玉知道这消息"不但不能冲喜，竟是催命了"。贾母和王夫人正在为难,凤姐上前献计献策,说就跟宝玉说是把黛玉嫁给他,洞房花烛时再让宝钗出场好了。

宝玉听见娶宝钗都会受到刺激,凤姐这是怕还不够"惊喜"和意外?这主意有多愚蠢就不用说了,只说凤姐为什么要掺和这么一档子事里去。

第六十五回小厮兴儿评说凤姐是"估着有好事,他就不等别人去说,他先抓尖儿;或有了不好的事,或他自己错了,他便一缩头推到别人身上来,他还在旁边拨火儿"。这话是泄愤,也为了讨好尤家姐妹,不能完全作数,但凤姐乖觉是没错的,不会随便把自己搭进去。

第七十四回,王善保家的向王夫人进谗言,说晴雯"妖妖趫趫,大不成个体统"。王夫人也记起晴雯的"劣迹",凤姐心中不以为然,不想应和,又不愿意得罪王夫人,只说:"方才太太说的倒很像他,我也忘了那日的事,不敢乱说。"

王夫人让她去抄检大观园,她情知不妥,奉命行事,只是表现得很被动,力图各方面都不得罪。

凤姐的锋芒是对下不对上的,屡屡失意于婆婆和丈夫之后,她更是变成一个精致的利己主义者,她出这主意,不怕黛玉恨她吗?——她当时还无法预知黛玉很快会死掉。就算她相信王夫人、贾母不会走漏风声,别人不知道这主意是她出的,她不害怕宝玉当场失控吗?万一出点事儿,焉知贾母、王夫人乃至贾政不会恨上她?

就算万无一失,她也未必会得到奖励,人性复杂,保不齐哪天贾母对外孙女黛玉恻隐之心一动,负疚之心一生,将凤姐视为陷自己于不义的罪魁祸首。这是贾母最看重的几个人,关系错综复杂,机(jiǎo)智(huá)如凤姐,有什么必要惹火上身?凭着这活不到第二集的智商,她是怎么威风八面地撑过一百集的?简直要到《走进科学》里找答案了。

【二】

后四十回里出场的人物,智商整体上呈现雪崩式的下滑,没常识、少见识,但更让他们面目全非的,是气质大改。

宝玉在他妈那里倾诉完,又跑到黛玉这里大发牢骚,说:"咱们大家越早些死的越好,活着真真没有趣儿。"黛玉问他发什么疯,他说:"也并不是我发疯,我告诉你,你也不能不伤心。"接着又巴拉巴拉了一大堆,最后归结为:"这不多几时,你瞧瞧,园中光景,已经大变了。若再过几年,又不知怎么样了。故此越想不由人不心里难受起来。"

这还是那个温柔体贴唯恐怕黛玉受一点伤害的贾宝玉吗?他是说过妥死妥活的话,都是在和黛玉赌气时候。平日里,他看见宝钗送给黛玉苏州的土特产,都怕她睹物伤情,要转移话题,为什么突然说这么一大堆来吓她?并且也唠叨得让人生厌。

黛玉也好不到哪里去。前八十回里,宝玉成功地躲过学校,在大观园里度过他游手好闲又灿烂奔放的青春。续作者简直不能忍,自己能上手时,就一把把他抓回学堂,"奉严词两番入家塾",让他学做八股文,贾代儒无休止地调教他,作者也算是公器私用了。

他倒也不敢昧着良心说宝玉就欣然接受,派了一个人来循序渐进地说服他。这个人,是林黛玉。

于是我们就震惊地看到,黛玉这般苦口婆心:"我们女孩儿家虽然不要这个,但小时跟着你们雨村先生念书,也曾看过。内中也有近情近理的,也有清微淡远的。那时候虽不大懂,也觉得好,不可一概抹倒。况且你要取功名,这个也清贵些。"

宝玉暗自诧异,"觉得不甚入耳,因想黛玉从来不是这样人,怎么也这样势欲熏心起来?又不敢在他跟前驳回,只在鼻子眼里笑了一声。"

黛玉跟着"雨村先生"念书时年方五岁,居然就能识得八股文的"近情近理"和"清微淡远"。这且不论,"势欲熏心"四个字,是多么严重的指控,想当初,黛玉隔窗听到宝玉说"林姑娘从来说过这些混帐话不曾?若他也说过这些混帐话,我早和他生分了"才认他是个知己——共同鄙视某样东西,比共同推崇某样东西更能发现彼此同质。现在,这基础岌岌可危,两个人居然就这么轻轻放过了。

后四十回里的黛玉,世俗、自私、日里夜里,醒着梦着惦记着的,就是她和宝玉的婚事,不管别人说个什么,她都会想到这上面去。

怡红院里海棠花忽然开放,贾政、探春、凤姐等都感到不安,一向悲观敏感的黛玉,却听人说个"喜事",马上"心里触动",高兴起来,凑趣说:"当初田家有荆树一棵,三个弟兄因分了家,那荆树便枯。后来感动了他弟兄们仍旧归在一处,那荆树也就荣了。可知草木也随人的。如今二哥哥认真读书,舅舅喜欢,那棵树也就发了。"

唉,这故事讲的,前半部分像刘姥姥,后半部分像尤氏,整一个乡村风的正能量,我一定看到了一个假的林黛玉。

接下来,宝玉的玉丢了,家中上下大多惊慌失措,唯有黛玉窃喜,想着这下可把金玉良缘给拆开了,倒不在乎宝玉会不会有什么灾祸。

宝玉本人气质也在变化中。有一回跟巧姐大谈《列女传》,品评古代女子的贤能才德,还讲曹氏的引刀割鼻及那些守节的给巧姐听,听得她"更觉敬肃起来"。

这不是教坏小朋友吗?前八十回里,宝玉以前并不是这画风。他喜欢的,是各种"异端邪说",听了"又是欢喜,又是悲叹",怎么到了续作者手中,就变得这么一嘴大道理?

【三】

似这样的违和之处在书中俯拾皆是,认真找起来,估计也能写一本像后四十回那么厚的书。但后四十回最大的问题,还不在这些细节上,它改变了前八十回的势态,让本来正走向更深刻的叙事，突然鸣锣响鼓地热闹起来。

比如黛玉之死，非常戏剧化，她死在宝玉结婚的当晚，临死前直声叫道："宝玉，宝玉，你好……"这个"你好……"后面应该是什么呢？看上去是开放性的，但对照前文，却不难找到答案。

书中写黛玉知道宝玉、宝钗的事之后，急怒交加，只求速死，病一日重似一日，心知大限将至，要雪雁开箱子把她的诗稿拿出来。她"扎挣着伸出那只手来狠命的撕那绢子，却是只有打颤的分儿，那里撕得动。紫鹃早已知他是恨宝玉，却也不敢说破……"

黛玉后来把那些诗稿全烧了，回目就叫做"林黛玉焚稿断痴情"，那句"你好"后面，当是"狠心"二字。黛玉会这么恨宝玉吗？前八十回里，作者精雕细镂了宝黛二人的相知过程，他们一点点地克服了个人和命运的局限性，心心相映，彼此通透。

最初的宝玉是躁动的，见到这个妹妹也多情，见到那个姐姐也感兴趣，对于宝钗的美艳丰腴尤其动心，黛玉看在眼里很不是滋味，言语间多有敲打，将宝钗树为第一号假想敌。

小戏子龄官和贾蔷的爱情点化了宝玉，让他知道，一个人只能得一份眼泪，他在心中锁定了黛玉，一向紧绷的林黛玉因此渐渐松弛下来，她不再敏感于宝玉的一言一行，能够接纳宝钗的善意。最见她内心安稳的，是在宝琴到来那一节。

宝琴生得美，见过世面，聪明伶俐又天真烂漫，贾母爱若珍宝，将金翠辉煌的凫靥裘赠与她，又打听宝琴的生辰八字，想替宝玉向她提亲。宝玉看得悬心，要知道以前张道士只是说要替宝玉物色妻室人选，黛玉都郁闷很久，这次她如何受得了贾母对宝琴的这大张旗鼓的疼爱？

不想黛玉竟"声色亦不似往时""赶着宝琴叫妹妹"，宝玉看着"只是暗暗的纳罕"，私下里笑问黛玉"是几时孟光接了梁鸿案"。

一直怀疑曹公塑造宝琴这个人物，就是要显示黛玉的变化，宝琴完美得近乎失真，黛玉当此劲敌，坦然自若，或者可以说明，相对于宝玉的心，她对于最后能否在一起逐渐没那么在乎。她清楚自己"病已渐成，医者更云气弱血亏，恐致劳怯之症"，亦曾在心中感叹："你我虽为知己，但恐自不能久待；你纵为我知己，奈我薄命何！"

横亘在黛玉和宝玉之间的，不只是"金玉良缘"的传说，还有黛玉的多病，但是，只要彼此心中雪亮，命运又能奈何？"但得一心人"已是幸事，纵然无法"白首不相离"又何妨？爱情帮助黛玉超越她的命运，与周遭握手言和，之后她很少再出场。不再纠结的人，无法推动情节的发展。

到了高鹗笔下，怎么就变出这么个只惦记着嫁给宝玉，临死前还弄出一股怨毒之气的林黛玉来？高鹗还嫌不够："只见黛玉两眼一翻，呜呼！"这死得也太简陋了吧？

高鹗写宝玉的结尾，倒是更隆重一点。说贾政"赦罪复职"，归途经过毗陵驿，"忽见船头上微微的雪影里面一个人，光着头，赤着脚，身上披着一领大红猩猩毡的斗篷，向贾政倒身下拜。贾政尚未认清，急忙出船，欲待扶住问他是谁。那人已拜了四拜，站起来打了个问讯。"

之后,宝玉随一僧一道飘然登岸而去,"只见白茫茫一片旷野,并无一人"。

说实话,这段画面感很强,大红猩猩毡和茫茫雪野渡口孤舟对照得也好看,但这种好看,放到《红楼梦》里立即就显得肤浅。

宝玉最后会去做和尚吗?也许会,但是,只怕不会做这样一个披着价值不菲的大红猩猩毡前来跟父亲告别的和尚。这个和尚姿态感太足,太落痕迹,用现在的话说,有点抓马。

虽然并不喜欢周汝昌的许多说法,但是他认同宝玉最后为僧乃是生计所迫我是赞成的,前八十回里就有伏笔,宝玉不是一个那么造作的人。

【四】

人生如戏,戏如人生,可以互为镜像,互相观照,所以前八十回启悟了贾宝玉的,是两个小戏子。

一个是龄官,她和贾蔷的爱怨缠绵,让宝玉知道爱应止于当止;另一个是藕官,她跨越生死两界的情感纠葛,向宝玉展示了一份纪念感情的完美样本。

藕官原本是小生,和一个名叫菂官的小旦总排演些温存体贴的戏文,"故此二人就疯了,虽不做戏,寻常饮食起坐,两个人竟是你恩我爱。菂官一死,他哭的死去活来,至今不忘,所以每节烧纸"。这一节有点像宝玉和黛玉。

"后来补了蕊官,我们见他一般的温柔体贴,也曾问他得新弃旧的。他说:'这又有个大道理。比如男子丧了妻,或有必当续弦者,也必要续弦为是。便只是不把死的丢过不提,便是情深意重了。若一味因死的不续,孤守一世,妨了大节,也不是理,死者反不安了。'"

这番"呆话",合了宝玉的"呆性",他"不觉又是欢喜,又是悲叹,又称奇道绝,说:'天既生这样人,又何用我这须眉浊物玷辱世界'"。这是一个伏笔,暗示了宝玉是有可能接受其他人的,这并不意味着背叛,那离去的人,怕也不愿意他就此孤守一生。

半静地接纳宝钗,也符合前文的整体走向。

看宝玉的心路历程,是一个不断丧失和放弃的过程。最初,他希望所有好女孩,都能用眼泪葬自己,他要攒下一条大河那么多的眼泪,送自己到鸦雀不到之地。随着成长,他很快发现这是一个痴念,有一份眼泪就足矣,有一份眼泪,就能安妥这一生。

但这依然是痴念。薛姨妈说了:"自古道'千里姻缘一线牵'……凭父母本人都愿意了,或是年年在一处的,以为是定了的亲事,若月下老人不用红线拴的,再不能到一处。"事与愿违是常态,将生之意义建立在这相守上,必然遭遇大虚空。

好在他并不是全无防备,他所以苦苦强求,正因为他隐隐知晓真相。早在第二十二回,他就曾写过一个偈子,曰:

你证我证，心证意证。是无有证，斯可云证。无可云证，是立足境。

他以为到了无可云证就是彻悟，可以立足，黛玉却添了一句，无立足境方是干净。连这立足境都丢弃，才是真正的悟。宝钗又跟他说，当年五祖弘忍寻找传人，神秀做了一首偈子曰：身是菩提树，心如明镜台。时时勤拂拭，莫使有尘埃。惠能听见，说："美则美矣，了则未了。"他也写了一首："菩提本非树，明镜亦非台。本来无一物，何处染尘埃。"五祖便将衣钵传给了他。

这段对话，在当时只是一段笑谈，它的光亮却能照到久远。本来无一物，何处染尘埃，那爱意已经化为自身的一部分，又何必额外建立一个神龛；无立足境，方是干净，放弃我执，方得大自由，从此后，无可无不可，若"必当"怎样，如此这般亦可。

即使依旧意难平，有这样一种空旷垫着底，也能缓缓消解。宝玉迎娶宝钗，和他爱黛玉，是不相斥的两件事。

后四十回里，高鹗却写宝玉"又想黛玉已死，宝钗又是第一等人物，方信金石姻缘有定……又见宝钗举动温柔，也就渐渐的将爱慕黛玉的心肠略移在宝钗身上"，这可比宝玉娶亲要扎心得多。

到这里还不算完，宝玉又打起了柳家五儿的主意，各种调戏，宝钗只好"设法将他的心意挪移过来……这宝玉固然是有意负荆，那宝钗自然也无心拒客，从过门至今日，方才是雨腻云香，氤氲调畅，从此二五之精妙合而凝。此是后话不提"。

倒不是道学先生见不得书中性事，可是，还"设法"……用得着将宝钗写得如此不堪吗？黛玉死在前面，也还算幸运。

宝玉花样折腾了一番之后，忽然在中了举人之后出家了，与其说这是他不忘前情或是豁然开朗，倒不如说作者想送他一个最完美的大头梦。入世与出世，对于文人都有着莫大的诱惑，中举之后立即出家，这一生算是功德圆满，更妙的是宝钗已经珠胎暗结，基因已然传递下去了。

王蒙先生曾说，不能怪高鹗，八十回后确实很难收尾，曹公也搞不定。我倒不怎么同意，前八十回里有春之旖旎，夏之灿烂，有秋意渐起，我非常想看，曹公写完了这场繁华人梦之后，如何呈现"千山鸟飞绝，万径人踪灭"的冬之寂灭。这当是曹公最有感触之处，是他要写这样一篇大作的缘起。

我不是想看一个家族的尾声，我想看的是，对于人生里万般滋味的接受与消受，在乌烟瘴气、装神弄鬼的后四十回里，没有这些。

但高鹗还是有贡献的，就像续貂的狗尾，也是有价值的。他提供的这个结尾，俗套重重，多有意淫的成分，但意淫与俗套，却能使得作品更大范围地扩散，让不同阶层各得其所。从这一点上说，也还是有可以肯定之处吧。

"凤凰男"吴梅村和"直男癌"冒辟疆,都不可能写出《红楼梦》

【一】

前段时间做关于《红楼梦》的讲座,老有人问我,《红楼梦》是吴梅村写的吗?听了不知道说什么好,这些年来不断有人宣布发现《红楼梦》真正作者,有兰陵笑笑生、冒辟疆、洪升等等,这又跑出了个吴梅村来。

后来一细问,这个"吴梅村说"来得格外不同凡响,并不是说说就算了,这个"吴氏石头记"出了两个版本,其中一个堂而皇之地就叫"吴氏石头记"。

据说是有位何某自称当年看过吴祖本108回《红楼梦》,并且凭着记忆复述了出来,书中有批语曰"此书本系吴氏梅村旧作,共百零八回,名曰风月宝鉴",点明《红楼梦》为吴梅村所著。作者若有憾焉实则喜之地宣布:胡适、周汝昌等红学大师们辛辛苦苦构筑起的红学大厦,顷刻间轰然坍塌了!

看了点梗概,十分地辣眼睛。比如林黛玉带领家丁杀死小红保卫大观园,芳官卷土重来,宝玉成了淫徒,薛宝钗献策薛蟠洗劫大观园等等……我以前说程高本后四十回写得乌烟瘴气、群魔乱舞,看了这情节,真的要对那个版本郑重地道个歉。

正想说道说道这事儿,忽见《光明日报》上刊出一篇《"吴氏石头记"的倒塌》,揭露了所谓"吴氏石头记"纯属造假。尽管相关人员仍然坚持相关内容是当年看到108回《红楼梦》的所谓"真本",凭着记忆还原的,却也因为各种原因,承认关于吴梅村那句批语是他们自己瞎编的。

这瞎话算是厘清了,但我们需要注意的,这不是一个谎言,而是一种现象,"作者为吴梅村"说已经倒塌,"作者为冒辟疆"说似乎更加坚挺。事实上,看这类说法真伪,根本不必去询问主张者,将《红楼梦》与这些作者的文字进行对照就知道,他们不可能写出《红楼梦》来。

【二】

先说吴梅村。他的名句是"恸哭六军俱缟素,冲冠一怒为红颜",讲吴三桂和陈圆圆那段情事。传说吴三桂曾经千金求删稿而遭拒。这传闻不太靠得住,吴梅村删掉又如何,这句诗流传已久,但出现这种传闻,说明大家都 get 到了吴梅村对这位本家的取笑。

在吴梅村看来,一个为女人如此意气用事的男人是可笑的,也是可耻的,他自己绝不会这样。他的感情故事,是另外一种风格。

吴梅村的《过锦树林玉京道人并序》里写了他和秦淮八艳之

一卞玉京的恋情。

晚明时候的秦淮河畔，最是旖旎之地，"骑马倚斜桥，满楼红袖招"，但最令人神往的，还是隐藏在深深庭院，需要殷勤寻访的名妓。

文人余怀描述她们家中盛景："凌晨则卯饮淫淫，兰汤滟滟，衣香一园；停午乃兰花茉莉，沉水甲煎，馨闻数里；入夜而撇笛搦筝，梨园搬演，声彻九霄。李、卞为首，沙、顾次之，郑、顿、崔、马，又其次也。"

这"李、卞为首"里的"卞"，指的就是卞玉京、卞敏姐妹，而这对姐妹花里，姐姐卞玉京尤为出众，人们将她与陈圆圆并列，有"酒泸寻卞赛（卞玉京原名），花底出圆圆"之说。

陈圆圆迷人的是花容月貌和女性气质，卞玉京则是于微醺时候更见风情。然而吴梅村笔下的她，却极为澄澈，"所居湘帘棐几，严净无纤尘，双眸泓然，日与佳墨良纸相映彻"，显然冷清与狂野，是她性格的两面。

初见时她"亦不甚酬对"，熟悉起来，便会"谐谑间作"，咳珠唾玉，以她的慧黠生动，令"一坐倾靡"。

但不要以为这就是她的全部，深入交往之后，你才会发现她内心有着不轻易与人言的幽怨，好事者问起，她"辄乱以它语"。

其实那答案不难猜测，风尘中人，即便艳绝一时，到底如飘蓬飞絮，生逢乱世，更希望感情有所托付。当她在某个饭局上遇到吴梅村，她以为遇到了那个人，初次见面，酒过三巡，她拊几而顾曰:"亦有意乎?"

孤傲的女子,常有惊人的直接,大约是她们很少被拒绝,也不怕被人拒绝。吴梅村的反应很有意思,既不是悦纳,也不是拒绝,而是"固为若弗解者",就是装傻充愣而已。

他为何假装听不懂?有人说是田国丈下江南搜罗美人,卞玉京已经上了那名单,假如是这样,陈圆圆和卞玉京处境相似,冒辟疆都不怕娶陈圆圆,而屡中副车的冒辟疆身份地位显然不如时任南国子监祭酒的吴梅村;也有人说,明代朝廷禁止命官在管辖地纳民妇为妾,但这类事儿历来上有政策下有对策,若一点都不可行,卞玉京未必非要为难他。

不用找那些客观原因了,只看吴梅村的来路大体能猜到他的心思。

他祖上也曾为高官,到他出生,早已中落,父母将希望都寄托在他身上。可他虽聪明,身体不好,时常咯血,父母提携抱负,战战兢兢,待他稍大,又以极其寒微的一点家底,帮他遍寻名师。

吴梅村在这重压中长大,几经波折,终于皇榜高中,崇祯皇帝激赏他的才华,特地赐假让他归娶。他成功了,却是一种艰辛而主流的人生,说是"凤凰男"也可——假如我们不把这个词看成贬义的话,反正和卞玉京这样的名妓不搭界。

他不接受卞玉京没问题,谁都有权利自选活法,问题是,你要么答应要么拒绝,这样装傻算什么呢?害得卞玉京多少年都放不下,见他一面,都要积攒许久的勇气。

他也许觉得这是给对方留余地，其实是给自己留余地。这沉重的一路，使得他已经背负太多，无法有轻灵的自我。但他没勇气、也舍不得断然拒绝，就那么暧昧着、温吞着，似乎能够实现他自己的利益最大化。

这种状态几乎贯穿了他的一生。明朝灭亡后，清廷征召他去做官，朋友邀他去做和尚，他惦记着崇祯的知遇之恩，又不能丢下辛苦抚养他的老父母，左右为难，首鼠两端，最后还是去做了官，成为他一生最为痛悔之事。其实也怪他不得，每一个被寄予厚望的草根书生，一生下来就注定要过欠债与还债的一生。

精神上的极度贫困者，怎么可能塑造出贾宝玉这样的人物？正因为宝玉游手好闲，心无挂碍，才有那样一种炙热的纯粹，会对林黛玉的丫鬟紫鹃说："我只告诉你一句话，活着，就一块儿活着，不活，就一块儿化灰化烟"；对林黛玉说："你放心"；对误当成黛玉的袭人说："我为你也弄了一身的病，又不敢告诉人，只好挨着，等你的病好了，只怕我的病才得好呢。睡里梦里也忘不了你！"

所谓贵族感，不是衣食住行的极尽奢华，而是这样一种不忧不惧不设防，就像纳兰性德能写出"不辞冰雪为卿热"。若吴梅村这样说，也许就会觉得对于家中父母、对于这一路看好他的人心怀愧疚。

【三】

再来说冒辟疆,他比吴梅村更不可能是《红楼梦》的作者。吴梅村只是暧昧,冒辟疆干脆是……我不说了,朝下看吧。

冒辟疆在民间最有影响力的文字是《影梅庵忆语》。我还是个小文青的时候,老看到有人提起,有一天我看到原文,顿觉无限幻灭。

冒辟疆最初看上的是陈圆圆,虽然他认识董小宛更早,也曾对"面晕浅春,缅眼流视,香姿五色,神韵天然"的董小宛惊爱之,但他"惊爱"的人多了,不算什么。

他对陈圆圆更加倾心:"其人淡而韵,盈盈冉冉,衣椒茧,时背顾湘裙,真如孤鸾之在烟雾。是日演弋腔《红梅》,以燕俗之剧,咿呀啁哳之调,乃出之陈姬之口,如云出岫,如珠在盘,令人欲仙欲死。"

可是,当陈圆圆提出托付终身时,冒辟疆却笑了,说:"天下无此易易事。且严亲在兵火,我归,当弃妻子以殉。两过子,皆路梗中无聊闲步耳。"

他是说他爹尚且在前线,他回去就准备把老婆孩子全都丢弃去找老父亲,来看你陈圆圆不过是"无聊闲步",你怎么就当真了?

是不是特别不会说话?并不是。他不只是说给陈圆圆听的,更是说给潜在听众听的,让大家都知道,虽然他寻花问柳,但不过是无聊闲步。他不是一个把女人当回事的人。他的偶像是关公——传说关公当年在月下看到貂蝉的倩影，觉得美若天仙，怕这红颜祸水迷住大哥，随手就把她杀了。

又要做风流才子，又要做道德完人，冒辟疆因此形成了一种古怪的自洽，他要让全世界知道，他的流连花丛，不过是为了消费女性，并不入心。他有一句名言叫"外遇之女色，不必过求其美，若以为姬妾，则不可不求其美"，那意思是：外遇不过走路上渴了，随手拿起的一次性杯子，寒碜一点没关系；娶回家的姬妾，则如收藏的瓷器，就得挑三拣四了。

他的不积极，使得陈圆圆最终被他人掠走，冒辟疆听到消息，非常遗憾，然后他就去找董小宛了，这又是一次"无聊闲步"。董小宛也要跟他走。

冒辟疆更不能接受了。董小宛没有陈圆圆有魅力，还欠了好多债，于是两个人一个死缠烂打，一个十动然拒地纠缠了很久。直到钱谦益出面帮董小宛还了钱，又亲自送到冒辟疆家中，两人才终于在一起，过上了虐待狂与受虐狂的幸福生活。

其时正是乱世，三天两头要逃难，第一次逃难时冒辟疆一手拉着老母，一手拽着老婆，回头叮嘱董小宛跟上。这没有问题，问题是，等大家一安生下来，冒辟疆就借董小宛之口对自己展开表扬，说："当大难时，首急老母，次急荆人、儿子。幼弟为是。彼即颠连不及，死深箐中无憾也。"

这件凄风苦雨的事儿就这么站到了道德高度。

第二回冒辟疆百尺竿头更进一步，他把父母妻儿都转移到城外去，让董小宛率领仆妇看家，把这个弱女子当成了侠女十三妹。

眼看着形势越来越坏，他准备带领家人逃得更远，对董小宛说："此番溃散，不似家园，尚有左右之者，而孤身累重，与其临难舍子，不若先为之地。我有年友，信义多才，以子托之，此后如复相见，当结平生欢，否则听子自裁，毋以我为念。"

那意思是，我们带不了你了，与其将来再抛弃你，不如早做打算。我把你托付给我一个朋友，以后咱们见还是不见，看着办吧。

这话也是奇怪，你都能抛下董小宛，你的朋友就靠得住了？然而董小宛却说，您说得很好啊。您是家中的顶梁柱，您的家人比我重要百倍，我不能让您分心，这就到您朋友那里去，等待以后重逢。要是无缘再见，那儿还有狂澜万顷的大海，是我的葬身之地。

冒辟疆的爹娘却舍不得董小宛，一定要留下她，留下也就留下了，并没有怎么样，所以我很难不怀疑冒辟疆是通过驱逐董小宛这个动作来展现自己的道德高度——他的知己就夸他：头上顶戴父母，眼中只见朋友，疾病妻子无所恤也。那么他对董小宛越是无情，就会越光荣。

在《影梅庵忆语》里，冒辟疆还写到他病中经常对董小宛态度恶劣，"时发暴怒，诡谲三至"，董小宛却是温柔至极——"汤药手口交进，下至粪秽，皆接以目鼻，细察色味，以为忧喜。日食粗粝一餐，吁天稽首外，惟跪立我前，温慰曲说，以求我之破颜"。

用不着同情董小宛，她是将受虐当成了捐门槛，将冒辟疆当成洗涤风尘的水,冒辟疆越是践踏她,这水就越有力度。冒辟疆也借对她的施暴,来实现自己的道德快感。一个 S(shǎ)向来标配一个 M(mào),董小宛与冒辟疆也算天生一对。

【四】

而在《红楼梦》里,曹公写每一个女子皆能设身处地,他能同情尤二姐的不幸,更能理解尤三姐内心深刻的自苦,面对心仪的女孩如平儿,宝玉但凡能够稍尽心意,就觉怡然自得,这与冒辟疆文字间那种男性的居高临下完全不同。

更关键的是,同样是赞美女性,冒辟疆以"男性凝视",他夸董小宛会做菜,有情调,擅理财以及像一只小狗般地爱他。她的所有好,都是服务性的,长达一万余字的《影梅庵忆语》,都是在写董小宛幸福的忍耐,她内心真的没有过酸楚、刺痛、挣扎吗?

《红楼梦》里,却是这样赞美女性:"今风尘碌碌,一事无成,忽念及当日所有之女子,一一细考较去,觉其行止见识,皆出于我之上。"曹公欣赏叹服的,乃是这些女子的"行止见识"。他笔下因此才有泼悍而能干的"凤辣子"王熙凤,有冷清但有智慧的薛宝钗,有见识过人铁骨铮铮的贾探春,她们因作为人的卓越而获得赞美,而非母性、妻性与女儿性。

那么《红楼梦》的作者到底是谁?读《红楼梦》多年,更看重文本,周边造假的东西太多。只是大略听说,是曹寅的孙子曹霑,但又有人说,曹霑生得太晚,没有赶上曹家鼎盛时期,而《红楼梦》里写的场景故事,不经历过很难描述那样历历如真,所以,作者很有可能是曹寅的某个儿子,甚至可能也不叫曹雪芹。

  这些说法,都有其道理,我认识的一位研究《红楼梦》的教授说,她只敢说"《红楼梦》的作者",不敢说曹雪芹或是曹霑,怕以后被打脸。我自己,也常常狡猾地称之为曹公——以书中故事与曹氏家事的高度重合看,作者为曹家人应该是比较靠谱的。

  作者为谁,也许是个永远的谜,但我觉得这一点也不重要。当年他写《红楼梦》,就不是为了扬名立万,为天下人所熟知。他自己说:"我之罪固不免,然闺阁中本自历历有人,万不可因我之不肖,自护己短,并使其泯灭也。"

  他要为那些"行止见识"高明的女子张目,使她们永不泯灭,他也是要通过追忆穿越回过往,和他逝去的所爱永远在一起,这些,他都做到了,至于别人知不知道他是谁,跟他有什么关系呢?作为深爱《红楼梦》的读者,我接受这种留白,我不用知道他是谁,但我要说,他一定不是谁。

  至于那位"吴氏石头记"的编者依然声称后面28回并非自己瞎编的,可以一笑置之,连那样的谎都撒了,这样的话可以当真吗?倒是一家又一家正规出版社,在这十余年间,将其出版并堂而皇之地写着"吴氏"二字,还能过审,未免太没底线。但眼下怪现象太多,只能见怪不怪了。

《红楼梦》之快问慢答

> 探春和凤姐做boss,你更喜欢哪一个?

探春与凤姐都是很有能力的boss,像小红说的,跟了这类老板,能够学习到不少东西。但她俩风格并不完全相同,凤姐是性情中人,探春更讲究秩序,那么谁是更好的领导呢?

做凤姐的手下,有可能迅速获得宠爱与升迁,但伴君如伴虎,具有巨大的风险。

凤姐有识人之明,也有用人之能,在宝玉屋里不得意的小红,第一次跟凤姐打交道,就被她看出这个女孩不寻常,并且表达了延揽之意。小红跟了凤姐之后,就从只负责扫地洒水的小丫鬟,变成凤姐手下的得力干将,名列彩明之后。而平儿这种跟了凤姐多年又很能干的大丫鬟,在荣国府里更是极有体面,那些管家媳妇都对她极尽笼络之能事。

除了政治待遇,在生活上凤姐对平儿也不薄,从被坠儿偷走的平儿那副虾须镯上可见一斑。

但是风险同时存在。首先凤姐过于情绪化,高兴的时候能拉平儿和她坐在一块儿吃饭,火气上来时也能扇她一耳光。更要命的是,凤姐自个儿经常干点不是很地道的事儿,手下人难免经手,比如凤姐就曾叫小厮旺儿把张华打死,虽然她平时待旺儿也不薄,还强行叫彩霞嫁给旺儿那个不成器的儿子。

凤姐运用的是中国式管理,最大的问题就是边缘不清晰,要裹卷到她个人生活里去,跟着她一荣俱荣一损俱损。好在平儿平时积德,应该能够在关键时候起到缓冲作用,但不是每个人都有平儿这样的智慧,能像她那样淡泊稳定,跟了凤姐这样的 boss,没准会死得很惨。

探春呢?她对手下应该说也不错,比如说抄检大观园时她挺身而出,不许别人动她的丫鬟的东西。当然,她平时对这些丫鬟管理应该也很严格,她手下的丫鬟绝不可能跑到大观园的小厨房里自己点个菜。

她像是那种更具有现代性的领导,能干、清廉、自律,跟了这样的 boss,会比较安全,活得有尊严,但也别想占到什么便宜,但能将自身素质锻炼出来,在职场上会有比较大的发展。

就我个人而言,我更愿意和探春这样的人在一起,凤姐那样的领导具有太多不确定性,跟她在一起,像是身处乱世,保不齐什么时候你就发迹了,也保不齐什么时候你就倒了大霉。

尤老娘为什么对女儿不闻不问？

《红楼梦》第六十五回，尤二姐已经嫁给了贾琏，贾珍却还跑来找尤氏姐妹厮混，尤二姐不便再接待他，便识趣地避开，并对她母亲说："我怪怕的，妈同我到那边走走来。"

书里写："尤老也会意，便真个同她出来，只剩小丫头们。贾珍便和三姐挨肩擦脸，百般轻薄起来。"

这就有点奇怪，尤老娘作为一个老人家，明知道女儿干的那些勾当，为何不闻不问，甚至刻意避开？想解答这个问题，我们首先必须了解一点，尤老娘本人，在当时也是个非典型。

尤老娘并非尤氏的母亲，尤二姐、尤三姐原本也不姓尤，至于她们姓什么，如今已不得而知。总之，她们和尤氏既不同父也不同母，是尤老娘从另外一家带来的。

不知道尤老娘为何改嫁尤家，书中并没说尤二姐、尤三姐的父亲怎样了，不管怎样，尤老娘能带着两个女儿再嫁，在当时就不多见，更何况，她所嫁的的尤家，也不算太糟。尤氏的言谈举止，纵然不是出身豪门，却也是有礼有节，聪明大方，能嫁入荣国府做大奶奶，总是有那么一点家底的，可能跟邢夫人家当年差不多。

汇集这些线索，再加上尤二姐、尤三姐俱是尤物，可知道当年尤老娘的姿色也必然不同寻常，她是能靠女性资本吃饭，而且已经吃上的那一类人，她会觉得这碗饭，女人可以吃得理所当然，当然不会阻止。

有这样的一个妈，尤二姐乃至于尤三姐起初的糊涂就不难理解了。问题只在于,尤二姐没能有尤老娘的好运气,能将这碗饭吃得稳当;尤三姐也不能如她妈那样糊涂,不去追问男人的动机和内心的感受。她们都不能复制尤老娘的道路,才有了各自的悲剧。

贾蓉和秦可卿关系怎样？

贾蓉跟秦可卿虽然是夫妻，但两人并未有太多交集，有限的交集也是间接的，体现在秦可卿生病贾蓉接待张先生时。他说话文质彬彬，有条有理，提起秦可卿口称"贱内"，跟张先生也敷衍得有来道去的："先生实在高明，如今恨相见之晚。就请先生看一看脉息，可治不可治，以便使家父母放心。"

听上去好像这是一个很正常的家庭，父慈子孝，夫妻恩爱，整个家庭在有序地运转，但我们明明知道，一切并不是这样，贾蓉惊人的冷静，体现出他是一个装成正常人的疯子。

贾珍的父亲贾敬早早到京郊跟那些道士炼丹去了，贾珍一方面没有得到父爱，一方面又拥有在这个家庭里的绝对权力，使得他也没什么儿女心，成为这个家庭里的暴君，待儿子如待子民，是肆意的驱遣、掠夺与羞辱。有意思的是，在暴君的治下，反而会呈现出一种很奇怪的秩序感。贾蓉无论是在张先生面前，还是在贾母等人面前，都是一个乖巧懂事会说话的形象。但他私下里，却是极其放肆，甚至邪恶的。

贾蓉曾经不无得意地说，脏唐臭汉，谁家没有一点龌龊事，谁家的龌龊事他不知道。可以想象，对于他父亲和秦可卿的那些事儿，他一定是知道的，但君要臣死，臣不得不死，父要子亡，子不得不亡。贾蓉倒不必寻死，他要做的只是揣着明白装糊涂，而且一定要装得很像很像，装成一种下意识的惯性。

至于秦可卿，一定是更加痛苦的，她可能都不像贾蓉那么习惯，但是她也没办法，出身于小门小户偏生又要强至极，在宁国府里想要有一席之地，不但要事事做到最佳，也必须讨得贾珍的欢心。贾蓉与秦可卿，同命而不相怜，没准还互相憎恨。

黛玉当时确实是有点不悦的，她的表现形式是"把身子一藏，手握着嘴不敢笑出来"，并且招手叫湘云来看，"湘云一见她这般景况，只当有什么新闻，忙也来一看，也要笑时，忽然想起宝钗素日待她厚道，便忙掩住口。知道林黛玉不让人，怕她言语之中取笑，便忙拉过她来道：'走罢。我想起袭人来，她说午间要到池子里去洗衣裳，想必去了，咱们那里找她去。'林黛玉心下明白，冷笑了两声，只得随她走了。"

湘云想起宝钗的好处就把黛玉拉走了，可见她知道这种取笑是缺乏善意的。黛玉对湘云不肯跟她一起取笑宝钗，反应是"心下明白""冷笑了两声""只得随她走了"，可见她自己原本也没当成一个普通的玩笑。

这或者就是曹公的高明之处，他"爱而知其恶"，爱她，如她所是，他从不惮于暴露黛玉的弱点，但是这些弱点，并不能减损她的光彩。黛玉的诗意和她的敏感尖锐是她个性中的两面，她最初对于宝钗的各种敲打，也呈现出一个爱而不得其门的少女的委屈与无措。

在宝玉跟她诉肺腑之前，黛玉的处境是很尴尬的。古代女孩子感情上早熟，黛玉又无依无靠，对于宝玉这样一个温柔体贴、知冷知热的人，她很难不产生依恋。但宝玉跟她虽然亲厚，又似乎跟其他女孩子也不错，宝钗更是劲敌，她体健貌端，容颜丰美，又无书不读，多次让宝玉产生发自内心的佩服。黛玉无法确

黛玉看到宝钗为宝玉绣肚兜，为什么没有生气？

定，宝玉是不是一台中央空调，"见了姐姐，就忘了妹妹"。

像这种情况眼下也屡屡发生，遇到一个又温暖又含糊的人，你又能怎么样？即便看到他和别人关系亲近，你也没有勇气追问，没有资格生气，只能当个笑话，仿佛这样，心理上就能多一点优势。这种状态对于黛玉本人也是个折磨，直到听到宝玉跟她诉肺腑，她迅速地变成了一个友善豁达的人，对宝钗和宝琴都以姐妹视之，这样一个转折，更见黛玉的可爱。

为什么贾宝玉对奶妈不怎么样，而贾琏对奶妈很客气？

这和宝玉、贾琏不同的成长背景有关。宝玉是众星捧月，父母双全，书中多次写到王夫人对他的疼爱，看他可爱就把他搂在怀里摩挲，恨铁不成钢时为他掉下眼泪，有时候又语重心长掰开揉碎地教育他。可以说是为他操碎了心。尽管有时候王夫人的教育方式不得法，但是宝玉是不缺母爱的。

一个应有尽有的人，很容易变得轻狂，在宝玉眼里，他不过是小时候吃这个李嬷嬷一口奶，现在惯得她比祖宗还人，动辄管他的事，他觉得李嬷嬷非常讨厌。不能说宝玉忘本，我们年少时也有段时间非常讨厌被管头管脚，而教育年轻人，是李嬷嬷这个年纪的人不多的快乐之一。

贾琏则不同，他出场时已经很成熟了，这是其一。二来母爱这方面他是匮乏的。邢夫人自称没儿没女，明显不是贾琏的亲生母亲。从王熙凤挑剔庶出看，贾琏应该是正室所出。他母亲死得早，父亲又很自私，在他这里亲情是匮乏的，他就没有宝玉那么轻浮。

再有，贾琏这个人有点丧，无可无不可，他自己的话是他只要有酒喝有戏看就行，所以他对人一向和气，能帮别人就帮一把，自然不会跟自己的奶妈较劲。

而王熙凤那个时候和贾琏感情还不错，愿意笼络讨好他的奶妈。手里又有那个权力，帮谁的忙不是帮，干吗不帮贾琏的奶妈呢？

当然，宝玉的奶妈李嬷嬷和贾琏的奶妈赵嬷嬷也

201

不同，李嬷嬷执拗托大，赵嬷嬷善于察言观色，插科打诨，明显比李嬷嬷聪明得多。所以虽然都是奶妈，也是有个体差异的，贾宝玉和贾琏态度差别这么明显也就不足为奇了。

贾宝玉认为黛玉是他的知己，就是因为"林姑娘从来不说那些混帐话"。到底是怎样一些"混帐话"呢？结合上下文看，就是不像湘云、宝钗那样劝他读书或是结交贾雨村这样为官做宰的朋友。

贾宝玉对宝钗的意见似乎尤其大，当面翻脸，背后还说她"好好的一个清净洁白女儿，也学的钓名沽誉，入了国贼禄鬼之流"。

那么，宝钗为什么明知宝玉不喜欢听这话，还非要劝他呢？有人认为她把他当成了自己未来的夫君，但是，以宝钗之聪慧，难道不知道培养夫君是第二步的事，首先得让他喜欢自己，起码不讨厌自己吧，不然岂不是为他人作嫁衣裳？就算传说有王夫人、元春为她做主，但她也犯不着先把宝玉得罪了，这不是本末倒置吗？

事实上，我们并不知道宝钗是怎么劝宝玉的。书中将袭人和湘云的劝说写得很具体，袭人说："你真喜读书也罢，假喜也罢，只是在老爷跟前或在别人跟前，你别只管批驳诮谤，只作出个喜读书的样子来，也教老爷少生些气，在人前也好说嘴。"

你看袭人并不是真的就让宝玉好好学习，只是让他不要厌学得过于明显，惹来麻烦，这跟袭人的身份是相称的。

湘云的原话则是："你就不愿读书去考举人进士的，也该常常的会会这些为官做宰的人们，谈谈讲讲些仕途经济的学问，也好将来应酬世务，日后也有个

宝钗知道宝玉不喜欢读书，为什么还老劝他？

朋友"。也不是劝他读书，而是劝他更有现实感。湘云自己从小父母双亡，她有这种考虑也很正常。

宝钗怎么劝的，书里没说，是曹公无意中略写了吗？有可能。但我还有一种想法，那就是曹公有意不让我们知道宝钗具体是怎么说的，要放到后面，来为宝钗"翻案"。

在前八十回里，宝玉只是倾慕宝钗的美貌与博学，对她的三观并不认同，更加沉迷他和黛玉共同营造的那个诗情画意的世界。但书中也有好几处，显示出宝钗对他的点拨，比如让他知晓，人来世间，都是"赤条条来去无牵挂"，又让他明白"本来无一物，何处染尘埃"。这些道理，是一种储备，有一天，当宝玉所执迷的那个诗情画意的世界坍塌时，能够救了他。

那么宝钗是无意的吗？显然不是，书中开篇，四大家族都在没落中，许多人浑浑噩噩，唯有宝钗知道，凛冬将至，大家都要做好过冬的准备。所以她的衣着皆是半新不旧，除了和尚要求她戴的金锁，不戴其他富贵闲饰。她的住所如雪洞一般，贾母都嫌过于素净。她还乐于资助别人，从湘云到邢岫烟等等。

宝钗为什么这么做？她是在做过冬的准备，如果有一天，这富贵不再，她还能安然地生活下去，她从物质到精神上，都已经好整以暇。

劝宝玉读书，未必就是她指望宝玉飞黄腾达、为官做宰，这其实也是她过冬计划里的一部分。书中有暗示，李纨最后"老来富贵也真侥幸"，她靠着儿子贾兰,逃过与家族共同下坠的命运。

那么贾兰指着什么改变命运?读书啊。甚至秦可卿给王熙凤托梦时,也是让她办好家塾,将来即便败落,子弟也可以读书务农,也是把读书看成自我保全的一部分。

走耕读之家之路,是低投入高回报经济环保的可发展之路,而宝玉所执着的一切虽然很美,却是消耗很大的,是要花很多钱才能撑得起的。

所以,宝钗未必是那个利欲熏心的人,否则她清心寡欲的种种就不可解。要说装,她这盘棋也未免太大,你以为这是《甄嬛传》啊。

应该说,她是一个清醒的人、有智慧的人,无奈智者常常显得枯燥,不美好,不性情,难免招宝玉不待见。但等到真的遭遇劫难,叫天天不应的时候,也许会觉得宝姐姐的话是字字珠玑,如果他早听她的,他和他的亲人也不会那么惨。但是那又怎么样呢?即使我们知道有个对的世界,我们也无法投入其中,但是对于被误解的宝姐姐,也许可以说一声抱歉。

林黛玉人缘怎么样？

说林黛玉人缘好可能很多人不相信，她最初人缘确实不如宝钗，但是越到后来，我们可以看到，她越来越讨人喜欢。湘云已经与她化敌为友。香菱也拿她不当外人，求她当自己的写作老师，一次次地麻烦她。连初来乍到的宝琴，也看出她在众姐妹中出类拔萃，拿她当亲姐姐看。

这并不是因为后来黛玉确定了宝玉的感情，心情好了，对人也热情了，书里说，有时候她身体不好，待人粗疏，探春也能理解她。可见她始终是一个有点高冷的人，只是，一个人的人缘好不好，跟是不是热情没有多大关系，主要还是看她有没有个人魅力。

像林黛玉，她固然表面上有点冷，但是她的纯粹、诗意、对于生命的热情是迷人的，那也是我们所向往的东西，就像一件稀世珍宝，如若它能够让我们领略到某种大美，它即便对我们冷若冰霜又有什么关系。我们还是会由不得地去爱它，想要亲近它和保护它。

说到底，人们做出选择，都是基于是否利己。利己有两种：一种是比较表浅的：这个人对我很和善，甚至有点讨好；还有一种更为深刻，我能从这个人身上看到或者学到某种可贵的东西。前者只能愉悦我们一时，而且会培养起我们对这种其实价值不大的和善的依赖，并不是真正的有利。后者却是一种滋养，让我们自身变得更丰富乃至更精彩。

而有些貌似友善的人，不夸人不说话，看上去亲切友好至极，却因为夸得很词穷，没有信息量而令人厌烦。

所以，做一个有魅力的人，比做一个友善的人更重要。与其苦恼于这个问题，不如去学点东西。首先学习能忘忧；其次，也许在不知不觉间变得更加丰富的你，逐渐拥有了更多的友谊。

王熙凤和平儿是什么关系？

按照兴儿的说法，王熙凤对于平儿，主要是利用："一则显他贤良名儿，二则又拴爷的心"。在平儿被凤姐扇了一耳光的那一回，宝玉对平儿更是充满同情："又思平儿并无父母兄弟姊妹，独自一人，供应贾琏夫妇二人。贾琏之俗，凤姐之威，他竟能周全妥帖，今儿还遭荼毒……"也是将凤姐和平儿定位为压迫者和被压迫者的关系。

应该说，他们所认为的，都是两人关系的一部分。王熙凤和平儿，在某些时候，也有一种类似于姐妹的感情。

王熙凤在贾家虽然威风八面，也是很孤独的。上到贾母，下到那些管家媳妇，她人人都要敷衍，也人人都要提防。在长辈面前，她巧笑嫣然的同时，内心未必不是如履薄冰；在下人面前，她要恩威并施，说翻脸就翻脸。双拳尚且难敌四手，王熙凤却要应付这么多明里暗里的敌人，她的不容易，只有平儿看得到。

平儿曾对那些管家说："我这几年难道还不知道？二奶奶若是略差一点儿的，早被你们这些奶奶治倒了。饶这么着，得一点空儿，还要难他一难，好几次没落了你们的口声……他厉害，你们都怕他，惟我知道他心里也就不算不怕你们呢。"

平儿对于凤姐，在敬与畏之外更有怜惜之情，她看出王熙凤的吃力不讨好，书中起码有两回建议她保养自己，即便被她骂了，依旧忠心不改。

对于平儿的好，凤姐也是知道的。没人的时候，她会让平儿和自己一个桌子吃饭,平儿的虾须镯,也是凤姐给她的。平儿可以拿凤姐的衣服送人。在无关利害的场合,凤姐对平儿甚至有一种相依为命的亲情。可惜,当利害出现,不管是真是假,凤姐马上就会变得凌厉起来,她到底不够珍惜这个对她最好的人。

薛姨妈是《红楼梦》里的第一反派吗？

我看过一些关于薛姨妈的阴谋论，抱怨薛姨妈明明无意帮黛玉、宝玉撮合，还要在她面前说一些卖乖的话。又说她放出风声，宝钗要有玉的才能嫁，就认为这个老太太特别狡猾，戏耍黛玉。但我始终觉得，这未免把薛姨妈看得太复杂。

薛姨妈真的是一个有心眼的人吗？如果她足够有心眼，就不会被儿媳妇拿下。书中很清楚地说，薛蟠和夏金桂婚后不久，俩人闹矛盾，薛姨妈把薛蟠狠狠地骂了一顿，说："人家凤凰蛋似的，好容易养了一个女儿，比花朵儿还轻巧，原看的你是个人物，才给你作老婆。你不说收了心安分守己，一心一计和和气气的过日子，还是这样胡闹，哧嗓了黄汤，折磨人家……"夏金桂见婆婆如此说丈夫，越发得了意，更加要占丈夫的上风。

从这个细节可以看出，薛姨妈是不擅长跟人斗智斗勇的，也可以看出，她对自己的孩子是有自知之明的。所以，她喜欢邢岫烟，却也不敢替儿子薛蟠跟人家求婚，怕辱没了人家女孩子，反而是替侄子薛蝌求娶。这也是她的善良。

她就是一个普通的老太太，碎嘴，絮叨，但也慈祥。《红楼梦》里的长辈，大多都太过严肃，贾母虽然对宝玉、黛玉宠爱有加，但也是不怒自威的。唯有这个薛姨妈，特别没有长辈架子。贾母叫小丫鬟请她过去打牌，她不愿意去，小丫鬟就敢在她面前撒娇，说：亲亲的姨太太，你要是不去，我们又要挨骂了。她也笑着接：小鬼头儿，你有什么怕的，不过骂你几句就完事了。然后还是跟了小丫鬟去了。

《红楼梦》里经常写到宴饮，但宝玉和黛玉在她家里吃的那一顿最为温馨，像个在亲戚家吃饭的样子，能引发我们相似的体验。所以黛玉对她也亲热，直接喊她妈妈。以黛玉的七窍玲珑心，看人入木三分，又是朝夕共处，若薛姨妈真是老奸巨猾，又岂能不露痕迹？

至于薛姨妈为何不去帮黛玉讲话，或者是没有遇到合适时机，或者是被挡了回去，这本来就不是她能做主的事，也不必对她过于苛求了。

黛玉为什么拒绝宝玉的表白？

对于宝玉的表白，林黛玉差不多"拒绝"过三次，前两次都是刚刚共读《西厢记》之后的事，一次是在大观园的落花前，宝玉对黛玉说，我就是那多愁多病的身，你就是那倾国倾城的貌。

听上去很像是表白，但黛玉立即就不高兴了，说："你这该死的胡说！好好的把这淫词艳曲弄了来，还学了这些混话来欺负我。我告诉舅舅舅母去。"

她这个反应在现代人看来很奇怪，但是放在她的处境下就非常合适。袭人听宝玉跟她说警幻所训之事，虽然很害羞，害羞的表现却是伏案窃笑，这跟她丫鬟的身份是相称的。黛玉是千金小姐，被教养嬷嬷调教大的，被比成小戏子都一肚子不高兴，以前也不怎么喜欢戏词，突然被拉到这种场景里，不免觉得尊严受到冒犯。

不过，她的这次恼怒很快就烟消云散，相形之下，她的第二次拒绝反应更为强烈。那次是宝玉去找她，隔窗听见她念出《西厢记》里的句子"每日家情思睡昏昏"就有点忘乎所以，跟紫鹃开起了玩笑，说："若共你多情小姐同鸳帐，怎舍得叠被铺床？"这句话有着太明显的性暗示，黛玉听见就哭了，说宝玉是拿自己取笑，"我成了爷们解闷的"。

黛玉这一哭，透露出她内心的惶惑，她的爱情原本就为礼教社会所不容，被视为轻浮放荡的表现。虽然她许多时候都知道宝玉对她怀有真爱，但因为将这份感情看得珍重，怀疑他们的感情里有她所不知道的黑洞。宝玉话语里的轻佻，触动了她内心的恐惧，反应这么大就不奇怪了。

看过一句话，真爱的伟大之处，就在于它消灭了调情。而调情出现，也许就意味着没有爱。

宝玉的第三次表白在第三十二回，则情真意切得多，说：你都是因为不放心的缘故，才弄了这一身的病。黛玉听了这话，如轰雷掣电，比自己肺腑里掏出来的还恳切。她几乎是忙不迭地逃走了。也许是这世上宏大的事物，总是让人震悚，她不敢直面，又因为有些话不用说出来她也能懂，再说反而多余。

黛玉的三次"拒绝"，层次清晰，也体现了人物的丰富性，是非常精彩的叙述。

贾宝玉是专情还是滥情？

贾宝玉的感情是有一个过程的，从见到每个姑娘都动心，到后来归于黛玉一身，谈不上什么专情或是滥情，是他对于生命的思考逐渐深入的结果。

《红楼梦》不是一部言情小说，是一个人的心灵史。它不会像言情小说那样弄个人设，它是贴着真实人生来的，展现原生态的心理历程。所以你会看到，宝玉刚出场时，就是一个顽童，他对黛玉有好感，也很友好，但是谈不上爱情。秦可卿是他第一个性幻想对象，帮他渐渐对男女之事有所开悟，他"因空见色"，呈现出典型的少男的躁动。

只是普通少年往往将情感凝聚在一个女孩身上，但宝玉却在荣国府内外，"看每一朵花开，看每一个女孩"。

原因有两点，一是他打小锦衣玉食，天性聪敏，有闲心思考生死之事。他贪恋这温柔富贵乡花柳繁华地，贪恋世间各种美好，害怕一朝寂灭，死亡带来的大虚无。他想出来的应对之策就是得所有好女孩的眼泪，当他逝去之时，有她们围绕在自己身边，眼泪流成大河，送自己到鸦雀不到之地，就是死得其所了。

另外一方面，他在家中备受宠爱，几乎所有人对他都是笑脸相迎，他也认为自己能得到所有好女孩的眼泪。

随着他逐渐长大成人，他发现这是一个奢望，不是所有的女孩都愿意把眼泪给他，一个人只能得到一份眼泪，他这才把感情锁定于黛玉一人。黛玉于他，不但是爱人、是知己,还是让他躲避生之虚无的避难所。可以借用余光中的诗:如果死亡是一场黑雨凄凄,幸而我还有一段爱情,一把古典的小雨伞,撑开一圈柔红的气氛……

到此时,他已经是"由色生情",之后,还应该有"传情入色,自色悟空"的转换。可惜曹公只写了前八十回,这种转换我们没法看见了。

王熙凤是怎样一个人？

首先，王熙凤是一个有魅力的人。她聪明能干，秦可卿去世之后，秦可卿的婆婆、贾珍的妻子尤氏心疾突发，无人理家以及操持丧事，贾宝玉推荐了王熙凤。于是乎，王熙凤在打理荣国府诸事的同时，还有余暇料理宁国府的各种事务，并且敏锐地发现症结，建立秩序、佐以铁腕解决这些问题，大大地提高了她的职业声誉，她自己也甚为得意。

她有人情味，善待刘姥姥，对黛玉也说得过去，跟邢夫人关系不好，却会援助邢夫人的侄女邢岫烟。探春理家，提出各种改革方案，她作为前任也不觉得被冒犯，反而对这个出自她最讨厌的赵姨娘的女孩欣赏有加，怜惜有加。

不得不奉王夫人之命去抄检大观园时，她表现得也很被动，并且对于积极出头的王善保家的很反感，刻意想看她的外孙女司棋出丑。但当司棋的情书暴露之后，司棋低头不语，"也并无畏惧惭愧之意"时，王熙凤又"倒觉可异"，并不是落井下石或幸灾乐祸。

她也有幽默感，是贾府第一段子手，尽管对下人非常严苛，但是她要是一开口说笑话，下面的小丫鬟们都奔走相告：琏二奶奶要说笑话了——当成一种福利，像春晚上赵家班要出场一般。

她是一个天资相当不错的人，但她的问题也在于此。她过于倚仗天资，过于倚仗力量，自称不信阴司报应，任何事只要她说了行就行。所以她会为了三千两银子，拆散张金哥和守备公子的婚事，致使一双小儿女双双自尽，她反而从此胆识愈壮，以后所作所为，诸如此类，不可胜数。

贾瑞打她的主意当然不对，但王熙凤恼恨到"几时叫他死在我的手里，他才知道我的手段"，也让人毛骨悚然；她的过于恃强还体现在一定要弄死尤二姐上。我们倒不用从道德层面上说，只从实际效果上看，她做掉尤二姐还有秋桐，秋桐去了还有别的人，她终究是搞不定贾琏的。她过于用力，只会让贾琏对她的感情日渐消解，"一从二令三人木"。当一个家庭以力量分高下时，暂时屈服者一旦占据上风，对对方一定不会手软。

她更像项羽，天资极佳，却也完全地凭仗着自己的天资，不学习，不反省。司马迁说项羽"奋其私智不师古"，凤姐的结局，注定会像项羽那样惨淡。

王熙凤更具有现代精神吗？

在《红楼梦》的人物里，王熙凤算得上口碑逆袭得最彻底的一位，几十年前，她还是众所周知的反面角色，如今，我目之所及，喜欢她的人远多于讨厌她的人。

缘故有两个：一是"曹雪芹只写了前八十回"这个概念更加深入人心。高鹗所著的后四十回里，王熙凤又坏又蠢，比如所谓"瞒消息凤姐设奇谋"，使了个所谓的掉包计让宝钗替代黛玉嫁给宝玉，就被俞平伯讽刺为"不值一个大"。当人们认识到后四十回是高鹗的狗尾续貂，把这种情节跟王熙凤切割开来时，王熙凤的形象明显可爱很多；

二是王熙凤确实更具有现代精神，比如她职业经理人般的管理才能，比如她对于一夫一妻的执着追求，都更能为现代人所理解。她活泼里带有一点恣肆的性格，在这个张扬个性的时代，也更容易受到欢迎。

曹公将王熙凤塑造得活色生香，优点与缺点都很突出，在文学作品里，这是一个很罕见的形象。因为过去的文学作品，大多出于男人笔下，他们眼里的女人，要么是母亲，要么是情人，要么是毫无关系的女人。他们眼里的情人，要么是贞顺的少女，要么是风流荡妇，他们不大有兴趣描写一个这之外的女人的才干与风姿。

但王熙凤也并非极为卓越的人物，不管是相对于平儿还是宝钗乃至于秦可卿，她都少了点大局观。

比如治家时，她一味地强调"狠"，惹得上上下下对她都很不满。比如说她虽然精于算计，会拿家里人的"月钱"做投资，却看不透贾府的下行势态，将秦可卿临死托梦给她时提出的在祖茔旁边购置屋舍土地、朝耕读之家退守的建议丢到一边。虽然说，这些应该是他们家男人所考虑的事，但探春理家时搞土改，就已经开始尝试后撤，探春的大局观就明显好于王熙凤。

不久前柯洁下棋输给了AI，他的老师聂卫平就认为，AI的大局观比柯洁好太多。所谓大局观，就是对于全局的观照，不争一时一地之失，不在犄角旮旯上好勇斗狠，心中有全景，知道自己最应该干什么。这一点，是王熙凤需要加强的，也是很多现代人需要加强的。

贾母批判才子佳人戏,是针对宝钗还是黛玉的?

不觉得贾母这段话针对任何人,这段话本身就非常有道理。

我们先来看原文:"开口都是书香门第,父亲不是尚书就是宰相,生一个小姐必是爱如珍宝。这小姐必是通文知礼,无所不晓,竟是个绝代佳人。只一见了一个清俊的男人,不管是亲是友,便想起终身大事来,父母也忘了,书礼也忘了,鬼不成鬼,贼不成贼,那一点儿是佳人?……再者,既说是世宦书香大家小姐都知礼读书,连夫人都知书识礼,便是告老还家,自然这样大家人口不少,奶母丫鬟服侍小姐的人也不少,怎么这些书上,凡有这样的事,就只小姐和紧跟的一个丫鬟?你们白想想,那些人都是管什么的,可是前言不答后语?"

贾母对这种才子佳人戏的不满有两层意思,第一层意思是这些出身名门的姑娘,为什么见到一个男人就立即想起终身大事?

无论是黛玉还是宝钗,她们都并不是见到宝玉就立即想起终身大事。我们先说黛玉,她刚到贾府的时候,尚且处于懵懂时期,戒备紧张设防,当然也谈不上想起什么终身大事,她对宝玉的感情可以说是日久生情。而宝钗呢,书里写得很清楚,虽然打小就有和尚说她将来应该嫁给一个有玉的人,但宝钗对这种说法是深感尴尬的。书中说,她对于宝玉被黛玉缠绵住了都感到很庆幸。

第二层,贾母觉得这些才子佳人戏未免失实,她以自己的生活经验感觉这些才子佳人弄成这场情事并不现实。《红楼梦》本身是一个高度写实的小说，对于各种夸张变形的作品不以为然，也可以理解。

另外，虽然贾宝玉和林黛玉喜欢的《西厢记》《牡丹亭》也属于才子佳人戏，但可以想象，在当时这种才子佳人戏必然是泛滥成灾。用我们现在的话说，就是充满了套路。作为一个写作者，对于这种套路不屑也是可以理解的。

所以与其说贾母是对黛玉或宝钗表示不满，不如说作者通过贾母之口，表达了自己的创作观。他自己的写作就避开了这种套路，用鲁迅的话说就是，当《红楼梦》一出，所有的写作方法都被它打破了。

李纨为什么不喜欢妙玉的为人？

李纨是第五十回里说她讨厌妙玉为人的，在这一回里她让宝玉去找妙玉要梅花，说："我才看见栊翠庵的红梅有趣，我要折一枝来插瓶。可厌妙玉为人，我不理他。如今罚你去取一枝来。"这个说法很有意思，展现了李纨敏感与直接的一面。

妙玉的为人，确实不怎么可爱，用现在的话说，她是有开关的人。她对一些人会另眼相看，对另外一些人则眼皮子也不夹一下。在贾母带刘姥姥进大观园时就体现出这一点。另外，她也是一个以骄傲掩饰自卑的人，所以经常口出狂言，不怕伤害别人。

比如宝玉开玩笑："你给我的茶具，跟她们的一比就成了俗器。"妙玉就说："就你家，还不一定能找得出这么个俗器来。"如果说她的这种狂傲，是爱恋宝玉而产生的一种复杂的骄矜，那么黛玉不过问了她一句"这个水是不是收的梅花上的雪"，她就说，"你这么个人，竟是大俗人，连水也尝不出来。"未免太有攻击性。

生活里也有这种处处想压别人一头凸显自己的人。一方面他们觉得自己才华过人，世人都该让自己一头；另一方面心里也未必真的相信，所以需要别人哄着来证实。比如妙玉听了宝玉几句恭维，就很高兴。她的狂傲，也不是真的狂傲。

只是，对于妙玉这种个性，便是犀利如黛玉，也要让她一马。毕竟黛玉是千金小姐，最多只能跟湘云拌拌嘴，要是跟妙玉呛上了，未免有点以大欺小。别看妙玉弄那么多假古董，但杯子上刻的"宋元丰五年四月眉山苏轼见于秘府"就是莫大讽刺。元丰五年苏轼正在黄州种地，吃饭都困难，写诗说："空庖煮寒菜，破灶烧湿苇。"哪有心情玩赏什么茶杯，作者和宝玉皆心知肚明不说破罢了。

但李纨虽然大多数时候都是个大菩萨，很佛系，嘴上却是常常不饶人的。所以黛玉、宝钗不会说的话，她敢直截了当地说出来。这个大嫂子，不是个吃素的。

晴雯若活着，会变成赵姨娘吗？

我觉得不太会。

虽然晴雯看上去跟赵姨娘有相似之处，俩人都很爱跟人怄气。赵姨娘就不说了，晴雯也是吵遍怡红院，讽刺袭人，抢白麝月，骂小红，拿簪子扎坠儿的手，和碧痕拌嘴，迁怒于宝钗还捎带着得罪了黛玉，王夫人偶尔逛一次园子，就看她站在那里叉着腰骂小丫鬟。

她有时也占点小便宜，比如叫小丫鬟去厨房里点菜，这些都使她看上去琐碎小气。鉴于贾宝玉说过，女人一旦嫁人，沾了汉子气，就会从珍珠变成死珠子再变成鱼眼睛，晴雯要是给宝玉做妾，只怕也会这样"俗化"。

这有可能，但是晴雯还是不可能成为赵姨娘这样的人。赵姨娘比晴雯，更多一种贪婪与猥琐，这是由两人出身决定的。

晴雯虽然命挺苦，打小被人贩卖，但是她天生丽质，聪明伶俐，一路上遇到的人都特别喜欢她，比如赖嬷嬷，会带她去贾府做客。贾母见了她，也喜欢得不行不行的，先是留下她，又把她送到宝玉那里去，准备将来给宝玉做屋里人。宝玉对她也是各种宠爱怜惜。

这使得晴雯恃宠而骄，天不怕地不怕的，和人吵架，也是缘于这娇骄二字。赵姨娘则不同，她没有晴雯的良好感觉，更像曹七巧，在被欺辱的命运里形成的一种阴毒，只想得到更多的钱和权，对挡路的不惜下狠手。

而晴雯骄横的另一面却是仗义，为了帮宝玉补裘，她不惜挣命。她对宝玉忠心耿耿，甚至于她某些"穷凶极恶"的时候，也是因为有精神洁癖，见不得别人犯错。她还天真，没有心计，宝玉想给黛玉送个手帕，怕袭人啰嗦，都是让晴雯代劳。这样一个人，不可能变成赵姨娘那样的"鱼眼睛"。

为什么贾政更爱赵姨娘？

的确，书里多次写到赵姨娘服侍贾政休息，而贾政和王夫人在一起时，画风要正经得多。但是这就说明贾政爱赵姨娘吗？倒也未必，他选她，也许是因为她有一种廉价的热乎劲儿。

贾政有一妻二妾，妻子是王夫人，妾是赵姨娘和周姨娘。王夫人显然是不可爱的，虽然她长得还不错，能生出宝玉、元春这样的儿女，又是大家闺秀，但这身份恰恰对她有害无益。

《诗经》里面有首《硕人》，讲述卫庄公的妻子庄姜出嫁时的盛景，前两句先说她身材高挑，穿着锦绣华服，马上就开始说她的背景："齐侯之子，卫侯之妻。东宫之妹，邢侯之姨，谭公维私……"这些身份掩盖了她每一寸肉体，即便手如柔荑、肤如凝脂，也还是让她的丈夫卫庄公兴趣缺缺，宠着小妾占她的上风。

王夫人不知道人性里的这点微妙之处，张嘴闭嘴大家出身，贾政对她不感兴趣可想而知，跟她在一起，怕是会有跟她整个家族在一起的错觉。《围城》里方鸿渐就感慨："为什么可爱的女孩子全有父亲呢？她孤独的一个人可以藏匿在心里温存，拖泥带水地牵上了父亲、叔父、兄弟之类，这女孩子就不伶俐洒脱，心里不便窝藏她了，她的可爱里也就搀和渣滓了。"更何况王夫人本来就不可爱，老是一脸正义、两袖清风的。

那么周姨娘呢？她出场极少，关于她的个性面目的描述更是寥寥，就是探春斥责她妈时说过一句，怎么那周姨娘，就没有人来寻她的不是，她也不找别人茬呢？大略可知道这是一个特别安分守己的妾，不争不抢，一般人对她的印象比赵姨娘好。

但是过于安分的女子，在男人眼中也许就会显得乏味，如果贾政是宝玉，还有可能对这个周姨娘多一些体恤。但是贾政是方正古板之人，宝玉给身边丫鬟起个名字叫"袭人"他都很反感，还跟李贵说，让老师别教《诗经》了。他对于性灵文字的态度如此粗暴，可以想见，他一定不是一个多情敏感之人。

对于他而言，女人也许就像一盘菜，他没有什么特别的口味，哪一道离他近他就夹哪一道，赵姨娘比周姨娘热络活泛，那么就是她了，至于爱，我想远远谈不上。

为啥元春不喜欢黛玉？

很难说元春就不喜欢黛玉，书里写到她省亲时看到黛玉和宝钗都如娇花软玉一般，看众姐妹们作诗，也觉得薛林二人在众姐妹之上。王夫人可能还会因为喜欢"笨笨的"女子而对"风流袅娜"的黛玉感觉一般，元春在省亲夜的言谈举止却也是个聪明灵透的人，不可能对黛玉有恶感。

后来她发放端午节礼，将宝玉和宝钗一等，黛玉和探春她们又一等，含义确实非常明显。但是，不能因此就说元春不喜欢黛玉。

元春少女时代入宫，渐渐做到贤德妃这个位置，必然情商过人，处理事情不会以个人好恶为准。书里面有个细节很有趣。省亲宴上，黛玉安心大展其才，要压过众人，但是元春只让大家每人作一首诗。其实是说，她对这些女孩子才华如何并不特别有兴趣，她不认为有才华与否说明什么。

所以，为宝玉择偶，她看重的是另外一些东西，比如身体状况，和她母亲能否和睦相处。毕竟，这些事关系到她最看重的一些人，来不得半点掉以轻心。

正是因为她的这个态度，使得宝玉的婚事在很长时间里悬而未决，贾母希望成全那对"小冤家"的心思昭然若揭，但也不得不顾及元春的态度。看得出这件事让贾母非常苦恼，她对于薛宝钗感觉没那么好，虽然她夸过宝钗"好"，但是那种夸奖相当官方，而不是对于黛玉那种牵肠挂肚的疼爱。一则因为黛玉毕竟是她的外孙女，二则宝钗做人滴水不漏，这就和喜欢变化、讲究生活品质、热爱细节之美的贾母完全不同。可是她又不得不尊重元春的意见,以至于她最后烦恼到想替宝玉向宝琴求婚,近乎抗衡崩溃时的昏招。